로크미디어가
유혹하는
재미있는 세상

ROK
MEDIA
로크미디어

이것이 나이다

이것이 법이다 17

2016년 12월 2일 초판 1쇄 인쇄
2016년 12월 7일 초판 1쇄 발행

지은이 자카예프
발행인 이종주

기획 팀 이기헌 송윤성 왕소현
책임 편집 최전경

발행처 (주)로크미디어
출판등록 2003년 3월 24일
주소 서울시 마포구 성암로 330 DMC첨단산업센터 3층 314호
Tel (02)3273-5135 **Fax** (02)3273-5134
홈페이지 rokmedia.com **E-mail** rokmedia@empas.com

ⓒ 자카예프, 2015

값 8,000원

ISBN 979-11-6048-008-5 (17권)
ISBN 979-11-255-9575-5 04810 (세트)

이것이 법이다

17

자카예프 장편소설

로크미디어

CONTENTS

호의 호이 둘리

"자네 사무실에 자리 좀 있나?"

"네?"

노형진은 김성식의 질문에 순간 당황했다.

"그거야 있다면 있습니다만……."

새론은 지점들을 만들기 위해 노력하고 있었다. 지방의 사람들도 공평한 법적인 지원을 받아야 한다고 생각하기 때문이다. 그래서 지방으로 이전하는 변호사들이 많아지면서 확실히 사무실이 비긴 하는 상황이었다.

"설마 이쪽으로 오시려고요?"

짐을 쌓아 두려고 사무실을 알아보는 건 아닐 테니 남은 선택은 하나뿐이다.

"이제 슬슬 알아봐야지."

"아……."

노형진은 왠지 알 것 같았다.

"이제 때가 되었군요."

"그렇지."

김성식은 대검찰청 중수부의 부장이다. 그리고 중수부장이면 검사들의 세계에서는 끝내주는 위력을 자랑하는 자리다. 그런데 그렇다 보니 한 가지 문제가 있다.

바로 정권.

대검찰청 중수부장이라는 자리가 기본적으로 정치인이나 공무원의 비리를 척결하기 위해서 만들어진 자리다. 그래서 정권이 바뀌면 가장 먼저 바뀐다. 그래야 자신들의 치부를 덮고 상대방의 치부를 캐내니까.

'그러고 보니 슬슬 바뀔 때가 되었지?'

정확하게는 한참 지났다. 김성식은 철저하게 중립적으로 일을 처리했기 때문에 쳐 내기 애매해서 그동안 버틴 거지, 줄 타고 움직였던 사람들은 이미 오래전에 나간 상황.

"압력이 큰가 봅니다?"

"아무래도 그렇지."

더군다나 현 정권은 그 어느 때보다 낙하산이 심하다고 하는 상황이다. 그러니 압력이 이만저만 심한 게 아니다.

'그 덕분에 개판이 되었지만.'

원래 역사에서도 그는 나갔다가 다다음 정권에서 법무부 장관으로 내정되어 들어가게 된다. 워낙 이번 정권과 다음 정권이 낙하산과 비리로 얼룩져서 도무지 정리되지 않아 그의 능력이 필요했던 것이다.

　'그러고 보니 당분간은 변호사 생활을 할 때구나.'

　검찰 내부에는 일종의 암묵적인 룰이 있다.

　위로 올라가지 않으면 나가서 변호사를 한다.

　좌천 같은 건 받아들이지 않는다.

　자존심도 있고 기수 문화가 강해서 좌천되면 아래 기수 아래로 들어가는 수가 있기 때문이다.

　"그래서 새론으로 오고 싶으신 겁니까?"

　"그렇다네."

　"의외네요."

　자신이 알기로는 그는 그 당시 한국 1위인 조선 로펌으로 가서 변호사 노릇을 하는 걸로 기억한다.

　"그런가?"

　"우리는 얼마 못 드립니다. 다른 곳에서는 상당히 조건이 좋을 텐데요?"

　조선 로펌에서 그를 데려갈 당시에 연봉이 20억인가 그랬다. 그에 반해 새론은 기본적으로 평등하다.

　물론 하는 업무나 실력, 능력에 따라서 분명 차별되는 부분이 있기는 하지만 조선 로펌처럼 전관이라고 20억씩 주고 데려가지는 않는다.

"알고 있네. 조선에서도 오라고 하더군. 그 외 몇몇 곳에서도 말이야."

역시나 그랬다.

"그런데 왜 굳이 우리 새론에 오려고 하시는 건지?"

"자네들에게서 새로운 세상을 봤네."

"새로운 세상요?"

"난 중립적으로 일을 처리하고 최대한 사람들을 도우려고 했지. 그런데 다 그런 건 아니지 않은가?"

노형진의 입에 씁쓸한 미소가 떠올랐다.

"그래, 어느 정도는 어쩔 수 없다 생각했지. 하지만 생각해 보면 결국 변호사도 사법 체계의 근간 중 하나야. 아니, 토양이나 마찬가지이지. 내 동생을 구한 것도, 수많은 사람들을 구한 것도 자네들이야. 그래서 많이 생각했다네. 과연난 어떤 사람이 되어야 하는가."

"아……."

노형진은 염전 노예로 잡혀 있던 김성식의 동생을 구한 적이 있다.

'그 사건 때문이구나.'

그가 지금과 같은 선택을 한 것은 아마도 그 사건 때문일 것이다.

물론 그 은혜를 갚기 위해 그런 것은 아닐 것이다. 하지만 최소한 그가 법이라는 것에 대해서 생각하게 될 기회는 되었을 것이다.

"변호사는 자유롭네. 검사처럼 들어오는 사건만 하는 것도 아니고 판사처럼 제출되는 증거만 보는 것도 아니지. 스스로 발로 뛰고 알아보지. 한번 그런 변호사가 되어 보고 싶더군."

우리나라의 고질적인 문제.

검사든 판사든 발로 뛰는 사람이 극히 드물다는 것이다.

사실 두 집단은 대부분 행정 업무를 할 뿐이지, 발로 뛰는 건 경찰이 한다.

문제는 경찰도 제대로 된 집단으로 보기에는 좀 무리가 있는 편이라는 것.

"그래서 세상을 한번 두 눈으로 보고 싶네. 어찌 보면 이 세상을 제대로 된 눈으로 보지 못한 게 우리일지도 모르니."

노형진은 고개를 끄덕거렸다.

"하지만 쉽지는 않을 겁니다. 기본적으로 투자가 없으면 평변호사거든요."

"그거야 투자하면 되지 않나."

"네?"

"그 정도 돈은 있네."

노형진은 고개를 끄덕거렸다. 그런 조건이라면 얼마든지 환영이었다.

"그럼 기다리겠습니다. 후후후."

⚖️

"어…… 음."

사건을 맡다 보면 아무래도 여러 번 회의를 하게 된다. 하지만 지금처럼 분위기가 서먹한 회의는 처음인 것 같았다.

"일단 오늘부터 이사회 임원 중 한 명이자 소속 변호사가 되신 김성식 변호사님입니다."

송정한은 말을 하면서도 약간 어색한 얼굴이었다. 그럴 수밖에 없는 게 이곳에 있는 사람 중 그만큼 높은 자리에 있던 사람은 없었기 때문이다.

"자자, 편하게들 생각하세요. 어차피 똑같은 변호사 아닙니까?"

"하지만……."

"압니다. 여기 온 이상 도리어 배워야 하는 처지라는 걸 말이죠. 배워서 남 주는 거 아니니 걱정하지 마세요."

다행히 김성식은 새론의 시스템에 대해서 알고 왔기 때문에 딱히 거부감을 드러내지는 않았다. 아마 다른 사람이었다면 자신이 누군지 아느냐고 화냈겠지만 말이다.

'이거 원…… 분위기 좀 바꿔야겠군.'

노형진은 애써 미소를 지었다. 하긴 새로운 사람이 들어왔는데 가뜩이나 부담스러운 사람이니.

"그나저나 뭘 그렇게 다급하게 그만두십니까?"

노형진은 애써 분위기를 바꾸려고 슬쩍 농담을 던졌다.

"쇠뿔도 단김에 빼라고 하지 않았나."

"그래도 천천히 나오시죠. 그래야 퇴직금이라도 많이 받죠."

"그래 봐야 차이 얼마나 난다고. 차라리 난 나와서 그것보다 더 많이 벌 생각이네."

"하하하."

농담처럼 던진 말이지만 실제로 김성식은 노형진과 대화가 끝나고 마음이 결정되자마자 바로 사표를 내고 이쪽으로 넘어왔다. 물론 그 자리는 기다렸다는 듯이 다른 사람이 들어갔지만.

"다들 부담 가지지 마세요. 전 이제 대검찰청 중수부장이 아닌 변호사 김성식입니다."

"아, 네······."

어색하게 웃는 사람들.

"그나저나 이제 사건을 해야 하는데 뭐 적당한 거 있습니까?"

"글쎄요."

송정한은 슬쩍 노형진을 바라보았다. 그의 시선은 '니가 데려온 사람이니 네가 알아서 해라.'라는 시선이었다.

특히 남상주는 어색해서 죽을 것 같은 얼굴이었다. 어찌 보면 당연한 것이, 남상주는 검사 출신이기 때문이다. 즉, 한

때 상관이었다는 소리다. 뭐, 직접적으로 보지는 못했지만

"음…… 일단은 간단한 사건부터 시작할까요?"

"간단한 사건?"

"네."

"좀 큰 사건부터 해야 하는 거 아닌가?"

상대방이 누군가? 대검찰청 중수부 부장이었던 사람이다. 그런데 간단한 사건이라니? 당장 재벌 사건을 맡겨도 이상할 게 없는데 말이다.

"아닙니다. 부담 가지지 마세요. 저도 변론에 대해서는 모르니까요. 배워야 합니다."

하지만 김성식은 생각이 달랐다.

"검사들은 공격만 하지, 방어에 대해서는 잘 모릅니다. 비슷한 것 같지만 또 그게 다른 법이지요. 그러니 변호사로서 법을 판단하는 방법을 배워야지요."

남상주는 그런 김성식에게 경험적인 말을 해 줬다. 어찌 되었건 이제는 평등한 변호사니까. 다행히 김성식은 그의 말에 동의했다.

"맞습니다. 법을 보는 방식이 다르지요."

검사는 기본적으로 법을 이용해서 범죄자들을 처벌한다. 당연히 공격적으로 법을 분석한다. 그에 반해 변호사는 그런 검사에게서 사람들을 지키는 것이 임무다. 당연히 법을 보는 방식이 달라질 수밖에 없다.

"그래서 의외로 실적이 좋지 않은 것도 있고요."

송정한은 고개를 끄덕거렸다.

실제로 전관이 아닌 낮은 직급에 있다가 나온 변호사들은 초반 승률이 좀 낮은 편이다. 법에 대해서 전처럼 공격적으로 분석하기 때문이다.

"그럼 그 부분은 노 변호사에게 맡기지. 그래, 적당한 사건이 있나?"

"적당한 사건이 하나 있기는 하죠."

"어떤 사건?"

"둘리 사건이라고 할까요?"

"둘리?"

"이런 말이 있죠."

"……?"

"호이가 계속되면 둘리라고."

"엥?"

"뭔 소리야?"

아직 젊은 세대의 농담을 잘 모르는 그들이었다.

⚖

"거참, 기가 막히는군."

노형진이 김성식에게 건넨 것은 조금은 이해가 안 되는 사건이었다.

"뭐, 이런 게 있지?"

"원래 이런 겁니다. 인간은 호의가 계속되면 권리인 줄 알지요."

"그거야 익히 알고 있었지만."

노형진이 소개한 사건은 간단하다면 간단하지만 억울하다면 억울한 사건이다.

"그래도 그렇지, 이런 걸로 소송을 거나?"

"인간은 원래 그렇습니다. 어찌 보면서 변호사를 시작하면서 가장 먼저 버려야 하는 게 인간에 대한 믿음이니 아이러니한 거죠."

"애초에 나도 인간을 믿지는 않네만."

하긴 동생이 납치당해서 평생을 노예로 살았다. 그마저도 얼마 남지 않은 삶이다. 김성식이 아무리 노력해도 망가진 동생의 몸을 복구할 수는 없었기 때문이다.

"일단은 사건 자체는 간단합니다. 하지만 저쪽에서는 이게 의무 사항이라고 주장하고 있지요."

상대방은 외국인 노동자들이었다. 그들이 한국에 와서 일하다가 소송을 낸 것이다.

"기업의 입장에서는 돌아 버릴 일이지요."

기업에서는 그들을 고용했다. 그리고 그들을 위해 약간의 선행을 베풀었다. 엄밀하게 말하면 숙소를 제공할 이유가 없는데도 불구하고 그들에게 숙소를 제공한 것이다.

문제는 그 후였다. 외국인 전용 숙소다 보니 한국인들이 거기에 갈 이유가 없었는데, 그들끼리 생활하다 보니 나중에는 회사 소속도 아닌 외국인들과 심지어 불법체류자들까지 기어들어 와 살기 시작했던 것이다.

결국 그 사실을 안 직원 한 명이 실태 조사를 위해서 그곳에 방문했는데 그곳에 있던 불법체류자가 그를 칼로 찌르는 사건이 발생했다. 그래서 화가 난 사장은 그 숙소를 없애겠다고 했는데, 그 말을 들은 외국인 노동자들이 자기네들을 도와주는 협회의 도움을 얻어서 숙소를 제공하는 것은 기업의 책임이라면서 소송을 낸 것이다.

"계약서에는 숙소 조항이 없나?"

"네, 없습니다."

저쪽의 논리는 간단하다. 입사 초기부터 숙소를 제공받았으니 그게 설사 계약서에 없다고 하더라도 기본적인 계약 조건이라는 것이다.

"이거, 쉽지 않은 사건이네."

계약서에 없다. 하지만 분명이 숙소를 제공했고 그렇게 살아왔다.

"결국은 구두 계약이라는 거죠."

구두 계약이란 서류에 남기지 않았다고 하더라도 양자 간에 입으로 한 일종의 약속을 뜻한다.

"저쪽은 구두 계약이라고 주장하고 있다 이거지."

"네."

"그럼 이쪽은?"

"단순 호의일 뿐, 계약은 없었다는 겁니다."

"노 변호사가 봤을 때는 어느 쪽이 맞나?"

"뭐, 제가 봐서는 회사 쪽이 맞는 것 같습니다."

애초에 숙소를 제공한다는 조건은 간단한 조건이 아니다. 회사의 입장에서는 그런 조건을 달 거라면 차라리 서류에 공식적으로 쓰는 게 맞다. 그래야 관리가 가능하니까.

"하긴."

애초에 이 사건이 생긴 이유가 임대한 곳이 제대로 관리되지 않아 발생한 일이다. 즉, 제대로 관리되었다면 이런 일은 벌어질 수가 없다.

"그런데 쉽지는 않습니다."

"왜 말인가?"

"일단 구두 계약이라는 것도 있고 정부의 시책이 어떤지 아시잖습니까?"

"음……."

김성식은 고개를 끄덕거렸다. 검찰이었던 그는 정부의 시책을 누구보다 잘 알고 있다.

"확실히 친이민자 정책으로 가고 있기는 하지."

인구가 줄어들고 일할 사람이 줄어들자 정부에서는 외국

인 노동자를 적극적으로 수입하고 있다. 그러다 보니 아무래도 외국인 노동자에 대해서 우호적으로 판결을 내리라는 내부적이 지침이 떨어진 상황.

"더군다나 인권협회에서 달라붙었어요."

"인권협회? 그런 곳이 한두 곳이 아니잖나?"

"아리랑인권협회입니다."

김성식은 얼굴을 찌푸렸다. 변호사가 된 지 얼마 되지 않은 그도 아리랑인권협회에 대해서는 알고 있었다.

"아주 좋지 않군."

"네."

아리랑인권협회는 여성부와 결탁한 인권협회로, 공식적으로는 여성과 외국인들의 인권 향상을 위해서 움직이는 조직이다. 하지만 그건 말 그대로 공식적인 의견일 뿐.

"아리랑인권협회 쪽은 정치 조직이니까요."

"그렇지."

정확하게 말하면 아리랑인권협회는 여성부 쪽에서 여성 정치인을 키우는 조직으로 사용되고 있다.

어떤 식이냐 하면 어떤 사건이 터지는 경우, 그 사건에 협회 측 사람을 붙여서 마치 구국의 행동을 하는 것처럼 꾸민다. 그리고 그렇게 이름을 날리고 자연스럽게 여성 운동가로서 활동하게 만든 후 여성부에 들어오게 하는 것이다.

"하필이면 왜 그런 곳에……."

정상적인 인권협회들도 많다. 하지만 아리랑인권협회는 그런 곳이 아니다. 범죄의 피해자보다는 가해자의 인권을 더 따지고 국민의 인권보다는 불법체류자에 대한 인권을 더 따지는 식으로 활동한다.

그럴 수밖에 없다. 정치적인 목적이 있으니 남들이 다 하는 걸 하면 이슈가 되지 않기 때문이다.

"그러니까 끼어들었겠지요. 얼마나 좋은 기회인가요. 사악한 한국인 사장이 외국인 노동자를 무일푼으로 쫓아내려고 한다."

"진짜인가?"

"그럴 리가요."

사장은 그 사건으로 기숙사를 없애려고 했지, 쫓아내려고 한 적은 없다. 심지어 월급도, 보너스도 똑같이 줬다.

"하지만 결국 외부에 나가는 게 문제죠."

"하지만 그랬다가는 기업이 망할 텐데?"

"알 게 뭡니까."

어깨를 으쓱하는 노형진.

"외국인 노동자에게 애사심을 바랄 수는 없잖습니까?"

"그렇기는 하군."

그들은 어차피 시간이 지나면 자기네 나라로 돌아갈 사람들이다. 끝까지 회사를 살려서 일자리를 지켜야 하는 한국 사람들이 아니다. 그러니 이참에 최대한 뜯어먹으려고 하는 게 정상이다.

"그러니 저쪽에서는 갈가리 찢어 먹으려고 하는 거고요."

그리고 저들의 행동이 소문이 나면 당연히 회사의 매출은 떨어질 것이다. 그 후에 벌어질 일은 너무 당연한 일이다.

"그래서 날 부른 건가?"

"후후후, 부정은 하지 않겠습니다."

아리랑인권협회 같은 자들과 싸우기 위해서는 이쪽에도 상당한 파워가 있는 사람이 필요하다. 그런데 김성식 정도면 충분하다.

"기분이 좋진 않군."

"어쩔 수 없습니다. 변호사는 승리를 위해 뭐든 해야 하니까요."

김성식은 고개를 끄덕거렸다. 그 또한 자신이 이제 검사가 아닌 변호사임을 알고 있었다.

"그래, 변호사지."

그는 그렇게 말하면서도 묘한 표정을 지었다.

"반갑습니다."

노형진은 김성식을 데리고 이길태 사장을 만났다. 정식으로 만나는 것은 처음이기 때문에 사장은 잔뜩 긴장한 상태였다.

"그렇게 긴장하지 마시고요. 그래서 사건은 어떻게 되어 가고 있습니까?"

"말도 마세요. 들어오면서 보셨잖아요?"

입구에 가득한 인권 주의자 나부랭이들. 그들은 입구에 서서 사악한 회사니 악마니 하는 헛소리를 해 대고 있었다.

"제가 회사만 30년 동안 했습니다. 진짜 중소기업이긴 하지만 세금 한번 내지 않은 적이 없습니다. 그런데 이게 무슨 말도 안 되는 상황인지 모르겠습니다."

이길태는 회사를 이만큼 키우면서 한 번도 체납해 본 적이 없다. 심지어 주변에서 외국인 노동자들 중 불법체류자를 쓰면 돈을 아낄 수 있다고 해도 정부에서 허가받은 사람들만 써 가면서 양심적으로 운영했다.

"그게 독이 되신 겁니다."

노형진은 솔직히 신기할 정도였다. 이렇게 양심적인 사람이 성공했다는 것이 말이다.

"독이라니요?"

"사람들은 자기를 기준으로 사람을 판단합니다. 그러다 보니 사장님처럼 착하신 분들은 다른 사람들에게 잘해 주면 그만큼 보답이 돌아올 거라 생각하시지요. 하지만 현실에는 나쁜 놈도 있기 마련이거든요."

"끄응……."

"더군다나 외국인 노동자들은 이 기업이 잘되는 걸 바라는 게 아닙니다. 가능하면 한 방에 많이 벌어서 돌아가는 것을 원하지요."

"압니다. 알죠. 그래서 방을 구해 준 건데."

개인적으로 외국인 노동자들이 방을 구하려면 상당한 돈이 든다. 하지만 기업 차원에서 방을 구해 주면 기업은 그 비용을 경비로 처리할 수 있고 노동자들은 공짜, 또는 아주 싼 가격에 주거를 해결하니 돈을 모을 수 있다.

"그래서 그렇게 한 겁니다."

그래서 근처에 있는 빌라를 빌려서 그들에게 기숙사로 제공한 것이다. 그런데 그들을 믿고 방치하는 사이 그들이 그렇게 분탕질을 하기 시작했을 거라고는 생각도 못 했다.

"그나저나 단순히 그 사건 때문에 기숙사를 없애려고 하신 건 아닌 것 같은데요?"

물론 그들이 별의별 녀석들을 다 끌어들여서 문제를 일으킨 것도 있지만 다른 이유가 있어 보였다. 이런 사람들은 쉽게 사람을 포기하지 못하기 때문이다.

"역시 변호사님이시군요. 사실은 이유가 있기는 있습니다."

"어떤 이유죠?"

"월세인데 그쪽에서 더 이상 임대를 안 해 준답니다."

"네?"

"그게……"

그나마 초반에는 괜찮았다고 한다. 그런데 그가 딱히 관리하지 않고 그들끼리 그곳을 운영하면서 문제가 생기기 시작했다는 것이다. 자신들끼리 술을 마시고 분탕질을 하거나 불법체류자를 끌어들이고 주변 주민들에게 행패를 부리기 시작했다는 것.

"그래서 계약을 거부했습니다."

"그래서요?"

"집주인이 빼라고 하니 빼야지요."

더군다나 집 주변에 소문이 나서 방도 구하지 못하는 상황. 이걸 해결하려면 직접 기숙사를 지어야 하는데 그 정도 돈이 있는 것은 아니다.

"그래서 그쪽에서는 숙소는 이쪽에서 보장해 주기로 했으니까 추가적인 돈을 달라는 거죠?"

"그렇습니다."

외국인 노동자들의 요구는 간단하다. 숙소는 이쪽에서 제공하기로 구두 계약을 한 만큼 방을 구할 수 있는 돈인 1인당 40만 원을 달라는 것이다.

"그게 말이 됩니까?"

"흠……."

이쪽에서 원룸 하나에 40만 원인 것은 맞다.

'하지만 터무니없는 돈이잖아.'

회사에서 기숙사를 운영하는 데에 들어간 돈은 월세로 빌라 하나당 50만 원씩 계산해서 총 네 개인 250만 원이다. 그걸 기본적으로 네 명이서 같이 써 왔다.

외국인 근로자의 숫자는 총 스무 명이다. 그런데 그들이 요구하는 대로 따로 40만 원씩 준다면 무려 한 달에 800만 원을 더 줘야 한다. 그렇게 되면 도리어 한국인 근로자보다 더 많은 돈을 주는 꼴이 된다.

'그런다고 해서 그들이 과연 진짜로 원룸을 잡고 살까?'

그럴 리 없다. 아무래도 외국에서는 같은 나라 사람들끼리 뭉치기 마련이니 그렇게 뭉쳐서 살 것이다. 결과적으로 저들의 요구는 월급을 더 받으려는 일종의 술책인 것이다.

"거참…… 진짜 호의를 권리로 안다더니."

듣고 있던 김성식은 고개를 흔들었다.

"이건 단순히 외국인이나 내국인의 문제가 아니죠."

한국인 중에도 그런 인간은 널리고 널렸다. 조금만 편의를 봐주면 그걸 마치 권리인 줄 알고 요구하는 사람들.

문제는 그들은 무안을 주면 꼬리를 말고 사라지거나 입을 닥치는데, 이들은 정치적인 목적과 결부하여 남을 등쳐 먹는 수준까지 왔다는 것이다.

"그럼 사장님은 어떻게 하고 싶으신가요?"

"솔직히…… 외국인 노동자는 더 이상 쓰고 싶지 않네요."

이길태는 고개를 흔들면서 부르르 떨었다.

"사람은 다 똑같다고 생각했습니다. 그래서 그들에게도 똑같이 대해 줬고 도리어 타지에 와서 고생한다고 해서 편의도 봐줬지요. 그런데 이게 무슨 꼴인지."

"어쩔 수 없지요."

시간이 되면 그들은 한국에서 나가서 본국으로 가야 하는 사람들이다. 애사심이라는 게 생길 수가 없는 것이다. 본국으로 돌아가지 않는 방법은 불법체류자가 되어 일하는 것인데 이길태 사장은 스스로 불법체류자는 사용하지 않는다고 했다. 결국 그들은 시간이 되면 떠나는 수밖에 없는 것이다.

"일단은 소송을 통해 직접 권리를 찾아오셔야 합니다."

"그거야 그렇지만……."

이길태는 얼마 전에 만난 상대 측 변호사의 말이 마음에 걸렸다.

"그들은 구두 약속 역시 계약에 들어가기 때문에 물어 줘야 할 거라고 호언장담하더군요."

"그건 맞습니다. 그리고 이런 사건은 솔직히 말씀드리면 구두 계약으로 봐도 무방할 정도입니다. 무려 2년 가까이 숙소를 제공해 주셨으니까요."

"끄응……."

불쌍하다는 생각에 도와준 게 비수가 될 줄은 몰랐던 이길태는 한숨만 나왔다.

"그렇다고 다 자를 수도 없지 않습니까?"

저들은 불법체류자가 아닌 정식으로 들어온 노동자다. 당연히 국내법에 따라 해직하기 위해서는 그에 상응하는 이유

이것이 법이다

가 있어야 한다.

"지금 자르면 분명 소송에 대한 보복이라고 떠들겠지요."

뻔하다. 그 후에는 당연히 또다시 복직 소송을 할 테고 말이다. 끝도 없는 악연이 되는 것이다.

"어떻게 해야 할지……."

이길태는 머리를 절레절레 흔들었다.

"일단은…… 닥쳐온 소송부터 해결하죠. 하지만 기본적으로는 저들을 출국시키는 게 중요합니다."

"흠……."

노형진의 말에 이길태는 불편한 표정을 지었다.

'거참, 이런 사람이 어떻게 이렇게 성공했는지 아무리 봐도 신기해.'

보아하니 그들이 쫓겨나는 것이 불쌍한 모양이었다. 하긴 그러니까 저런 녀석들에게 당하는 것이겠지만.

"이길태 사장님."

"네?"

"배신한 건 저쪽입니다. 애초에 사과하고 다시는 안 한다고 했다면 이런 일은 없었을 겁니다. 그런데 그쪽에서는 거부했다면서요?"

"그렇기는 하지요."

노형진의 말대로 이길태는 노발대발했다. 자기들끼리 문제를 일으키는 걸 떠나서 사람을 칼로 찔렀으니 말이다.

다행히 경찰이 출동하면서 불법체류자들은 모조리 도망갔고 사람이 크게 다친 것도 아닌지라 심각한 문제가 된 건 아니었지만 그들은 나는 모르는 일이라면서 딱 잡아떼고 있었다.

'상식적으로 말이 안 되잖아?'

아무리 회사에서 관리하지 않는 곳이라고 해도 그곳에 달린 번호 키의 번호를 아는 사람은 그들뿐이다. 그런데 그걸 열고 들어와서 불법체류자가 사람을 칼로 찔렀는데 모르는 사람이라는 게 말이 되는가? 알면서도 알려 주지 않는 것이다. 잡히면 처벌받고 추방당한다는 걸 알기 때문이다.

'은혜를 원수로 갚는다니, 원.'

노형진은 그런 녀석들에게 기회를 주는 것은 사치라고 생각하는 사람이었다.

"일단은 이번 소송이 끝나면 그다음 방법을 생각해 보도록 하지요."

"그렇지요."

이길태는 갑갑한 표정을 지을 뿐이었다.

"개정합니다."

이미 사건이 진행 중이었기 때문에 재판은 빠르게 진행되었다. 기일이 잡혔고 노형진은 재판정을 나갔다.

이것이 법이다

'인간 진짜 많네.'

수많은 사람들. 그들은 하나같이 정의가 승리하는 걸 기대하는 듯한 얼굴로 의자에 앉아 있었다.

그럴 수밖에 없다. 이번 사건은 저들이 철저하게 가해자 사장의 횡포로 포장하고 있기 때문이다.

"친애하는 재판장님, 이번 사건은 근로계약 위반으로부터 시작된 사건입니다. 피해자들은 피고 이길태의 기업인 태양실업에 5년간의 근무를 약속하고 입국하였고 그에 따라 근무 하였습니다."

상대방 변호사는 정당하게 이루어진 계약인 만큼 그게 먼저 이루어져야 한다고 주장하고 있었다.

"재판장님, 하지만 계약서 어디에도 기숙사나 숙소를 제공한다는 내용은 없습니다."

"종이에 없다고 해서 모든 것이 없는 것은 아닙니다. 사장은 분명 구두 계약을 했고 실제로도 지난 2년간 원고들에게 기숙사를 제공했습니다. 그러나 이제 와서 갑자기 말을 바꾸는 것은 명백하게 구두 계약을 어기는 행위입니다. 민법상 구두 계약으로 이루어진 행위 역시 그 효력을 가지고 있으며 회사에서 지난 2년간 기숙사를 제공한 것 역시 가장 강력한 증거가 됩니다."

아니나 다를까, 저들은 기숙사를 제공하는 것이 구두 계약으로 이루어졌다고 주장을 시작했다.

"어떻게 생각하나?"

김성식은 의자에 기대앉으면서 옆에 있는 노형진에게 물어봤다.

"솔직히 말하면 내가 봐서는 불리하네."

"그렇지요."

이런 경우 대부분의 재판에서는 구두 계약이 인정되어 그 배상을 해 준다.

"하지만 그렇게 쉽게 물러나지는 않을 겁니다."

노형진은 자리를 박차고 일어났다.

"친애하는 재판장님, 호의와 구두 계약은 전혀 다릅니다. 피고는 여기서 일하는 사람들에게 호의로써 계약서에 없는 기숙사를 마련해 준 것이지, 구두 계약에 따른 조건으로 마련해 준 것이 아닙니다."

"원고 측 변호인, 증거 있습니까?"

"음……."

노형진은 그쪽 변호사를 바라보았다.

'확실히 증거가 있는 건 아니지.'

구두 계약. 이것은 원고일 때나 피고일 때나 상당히 골치 아픈 문제다. 그럴 수밖에 없는 게, 양쪽 다 증거가 없는 애매한 상황에서 그런 게 있었다는 것이나 없었다는 것을 증명해야 하기 때문이다.

'그리고 이 경우에는 우리가 불리하단 말이지.'

저쪽은 무려 스무 명. 그에 반해 이쪽은 이길태 사장뿐이다. 다른 직원들은 그런 것에 대해 잘 모르니 말이다.

"애초에 이런 사건은 증거가 없습니다. 결국 증언뿐인데, 그 증언을 하는 사람들이 모두 원고 측이라는 점에서 형평성에 문제가 있습니다."

"반대로 이쪽에서 하는 말이 모두 맞는 말일 수도 있지요. 서로 다른 말을 하는 것도 아니잖습니까?"

'그렇겠지.'

아리랑인권협회에서 이미 철저하게 교육시켰다는 것쯤은 노형진도 알고 있었다. 그러니 저들의 말이 똑같을 수밖에 없다.

'그리고 그게 약점이 되는 거지.'

하지만 저들은 모른다. 가끔은 그런 행동이 도리어 자신들의 행동에 방해된다는 것을. 가끔은 너무 완벽한 것도 이상한 법이니까.

"친애하는 재판장님, 그 사실을 확인하기 위해 원고 측을 증인으로 요청하겠습니다."

"원고 측을?"

눈에 띄게 당황하는 외국인 노동자들. 하지만 옆에 있던 사람들이 그들을 진정시켰다. 좋은 옷을 입고 있는 여자였다.

'저 여자군.'

보아하니 저 여자가 이번 사건의 수혜자일 가능성이 높다.

'흠…….'

노형진은 그를 보다가 피식 웃었다.

'어리군.'

그렇다는 것은 저쪽에서도 이걸 일종의 업적*쌓기로 본다는 뜻이다.

'하긴 흔한 사건이라면 흔한 사건이니까.'

그리고 그 말뜻은 여기서 지면 저 직원들은 버려진다는 뜻이기도 하다.

"피고 측 변호인?"

"네?"

"누구를 증인으로 신청하시겠습니까?"

"아, 죄송합니다. 저는…… 압둘 아사드 씨를 증인으로 신청합니다."

압둘 아사드는 얼굴이 딱딱하게 굳더니 조심스럽게 앞으로 나왔다.

"증인, 선서하세요."

하지만 압둘 아사드는 그저 모른 척 그를 바라볼 뿐이었다.

"증인?"

"한쿡말 몰라요."

이미 예상했던 반응.

판사는 당황스러운 얼굴이었지만 노형진은 저쪽에서 이렇게 나올 거라는 것쯤은 예상하고 있었다.

"재판장님, 증언을 위해 통역관을 준비했습니다."

"통역관?"

"네, 허가해 주신다면 바로 들어오게 할 수 있습니다."

피고 측 변호인의 얼굴에는 불편한 기색이 떠올랐다. 자신들의 방어 전략을 알고 있다는 뜻이 되기 때문이다.

"음……."

판사는 잠시 고민했다. 원래 본인의 입으로 한 말을 증언으로 인정하기 때문이다.

"원하시면 나중에 녹화본을 가지고 다른 통역관에게 검증하셔도 됩니다. 저희가 준비했습니다만 그는 법원 통역관으로 5년 넘게 일하신 분입니다."

"그렇다면 인정합니다."

판사가 고개를 끄덕거리자 안으로 들어온 그는 양심에 따라 통역하겠다는 선서를 한 뒤 증인의 옆에 서서 그를 바라보았다.

"증인."

"네."

아사드는 통역관까지 준비할 거라는 소리는 듣지 못했기 때문에 잔뜩 긴장한 듯 대답하기 시작했다.

"증인은 피고 측과 구두 계약을 했다고 했지요?"

"그렇습니다."

"그럼 그 날짜는 정확하게 기억하십니까?"

"네?"

"그 날짜를 정확하게 기억하시느냐고요."

"정확하게 기억은 안 납니다. 다만 2년 전 4월 중순이었습니다."

그렇게 시작된 노형진의 공격. 아사드는 어떻게 해서든 상황에 말을 맞추기 위해 노력하고 있었다.

"그러면 그 당시 계약은 어떻게 했습니까? 한국에서 한 겁니까?"

"네, 전 그 당시에 취업 비자를 받고 한국으로 왔습니다."

"그렇군요."

노형진은 고개를 끄덕거렸다.

"그래서 누구와 계약했지요?"

"저기 있는 사장님하고 했습니다."

"사장님이 뭐라고 하던가요?"

"계약하면서 숙소는 걱정하지 말라고, 숙소를 줄 것이며 그게 힘들 경우 숙소를 구하는 데에 들어가는 경비를 따로 주겠다고 했습니다."

"그렇군요."

노형진은 고개를 끄덕거렸다. 확실히 사전에 준비한 사람다운 대답이었다. 하지만 노형진은 그 부분에 착안했다.

"증인."

"네."

"증인은 한국어 잘 못하죠?"

"네, 잘 못합니다."

"그럼 그때 구두 계약은 어떻게 하신 겁니까?"

"네?"

"구두 계약이라는 것은 기본적으로 대화를 통해 하는 계약을 뜻합니다. 그런데 지금 증인은 한국말을 할 줄 몰라서 통역가를 통해 증언하고 있지요. 그런데 어떻게 구두 계약을 했지요?"

"……!"

아사드는 아차 했다. 그저 한국말 모른다고 잡아떼라고 했으니, 설마 그 당시 문제를 걸고넘어질 거라 생각하지 못한 것이다.

"그…… 그러니까…… 그때…… 어…… 통역관이 있었습니다."

"그래서 통역관은 누구지요?"

"네?"

"통역관 말입니다."

"그게…… 모르겠습니다. 기억이 나지 않습니다."

당연히 기억이 나지 않을 수밖에 없다.

노형진은 아사드에 대해 알고 있다.

그는 한국말을 잘한다. 그것도 외국인 노동자치고는 아주 잘한다.

심지어 회사에서는 노동자들의 통역을 도와줄 정도로 말이다.

"재판장님, 그 당시 피고 측은 계약하러 가면서 통역관을 동행하지 않았습니다."

할 이유가 없다. 통역관은 엄청나게 몸값이 비싼 사람들이다. 단순히 사람들을 고용하는 데에 데려가기에는 한계가 있다.

"더군다나 그 당시 기록을 확인한 결과, 통역관이 해당 고용노동센터에 배치되거나 당일에 고용된 기록은 없습니다."

"……."

공무원들의 세계는 다른 것보다 기록을 확실하게 남긴다. 그래야 나중에 문제가 생기지 않으니까.

"사람을 고용하는 데에 있어서 구두 계약이란 기본적으로 상대방과 이쪽이 서로 말이 통해야 하는 것 아닌가요?"

"그렇습니다."

"그런데 원고는 한국말도 전혀 하지 못하면서 통역이 없는 그 자리에서 어떻게 구두 계약을 통해 숙소, 또는 숙소비를 제공한다는 복잡한 법적인 계약을 맺는 게 가능했지요?"

"……."

아사드는 눈을 데굴데굴 굴렸다.

몰랐다고 하자니 결국 구두 계약의 효과가 사라지는 셈이 된다. 무슨 뜻인지 모르는데 어떻게 그게 구두 계약이 되겠는가? 결국 그가 선택할 수 있는 것은 한 가지뿐이었다.

"사실은 한국어를 할 줄 압니다."

"뭐여?"

"할 줄 알아?"

"와, 구라 치는 거 봐라."

사람들 사이에서 술렁거리는 소리가 들려왔다. 설마 시작부터 위증할 거라고는 생각하지 못했던 것이다.

"재판장님, 지금 원고는 명백하게 위증했습니다."

"음……."

재판장은 얼굴을 찌푸렸다.

원고나 피고는 위증해도 처벌하지는 못한다. 하지만 일단 그에 대한 믿음은 사라지는 셈이 된다.

'망할…… 어떻게…….'

원고 측 변호사는 얼굴을 찌푸렸다. 모든 걸 준비했다고 생각했다. 그런데 단순히 한국어를 할 줄 아느냐 모르냐라는 말로 증인, 아니 원고에 대한 믿음을 바닥에 처박을 줄은 몰랐다.

'세상이 참 만만해 보이지.'

노형진은 비웃음으로 가득한 얼굴로 그 변호사와 여자를 바라보았다. 아마도 그들은 이번 사건으로 이름을 알리면서 높은 자리에 가려고 생각하던 중이었을 것이다.

"그럼 원고는 한국어를 할 줄 아는 거죠?"

"네."

"그럼 다른 사람들도 모두 그렇게 한국어를 잘합니까?"

"네?"

"다른 원고들 말입니다. 다들 증인처럼 한국말을 잘하느 냔 말입니다."

"아닙니다."

"그럼 다른 원고들이 계약할 때 증인이 통역과 동행했거나 통역을 배치했다는 말은 들은 적이 있습니까?"

"어…… 없습니다."

"그런데 어떻게 구두 계약이 가능하지요?"

"글쎄요……. 저도 잘…….."

압둘 아사드는 애써 상황을 모른 척했다.

"제가 계약한 당시에 그 사람들이 있었던 게 아니라서요."

"그게 무슨 말씀이시지요?"

"다들 입사 일자가 다르기 때문에…….."

같은 나라에서 온 것은 아니다. 여러 나라에서 온 데다가 같은 나라라고 해도 들어온 입국 일자가 다르다. 당연히 입사 일자가 다를 수밖에 없다.

"결과적으로 아사드 씨가 통역한 적은 없다는 거네요?"

"네."

"그럼 저들은 아직까지 구두 계약이 이루어지지 않은 거 아닙니까?"

"그건…….."

뭐라고 할 말이 없었다. 자신이 가지 않은 상황에서 저들은 구두 계약이 이루어질 수 있는 여건이 아니었던 것이다.

'내가 바보인 줄 아나?'

저들이 구두 계약을 기본으로 해서 날짜 같은 걸 일일이 맞춰 둔 것을 모를 노형진이 아니다.

보통 이럴 때는 사건의 날짜에 더욱 집중한다. 하지만 구두 계약이라는 특성에 초점을 맞출 경우 말 한마디 한마디가 더 중요하다.

"보다시피 아사드 씨의 증언에 따르면 원고들 대부분은 한국어를 못합니다. 그런 상황에서 현장에서 구두 계약이 이루어졌다는 것은 어불성설입니다. 이상입니다."

노형진은 거기까지만 하고 뒤로 물러났다.

"원고 측, 심문하세요."

노형진이 물러나자 자연스럽게 기회는 원고 측으로 넘어갔다. 원고 측 변호사는 앞으로 나와서 애써 말을 맞추기 시작했다.

"증인."

"네."

"증인은 한국어를 잘하지만 다른 사람들은 잘 못하지요. 아닌가요?"

"그렇습니다."

"그렇다면 계약 당시가 아니라 입사하고 나서 구두 계약을 할 수도 있는 거 아닙니까?"

너무나 속이 뻔히 보이는 질문.

아니나 다를까, 아사드는 고개를 번쩍 들었다.

"맞습니다. 전 한국어를 잘해서 알아들었지만 다른 직원들은 회사에 와서 계약했을 수도 있습니다."

"그러면 구두 계약이라는 것이 이루어질 수도 있다는 거네요."

"그렇지요."

"이상입니다."

노형진은 그걸 보면서 고개를 흔들었다.

'너무 뻔하잖아.'

지금 원고 측 변호사는 심문이 아닌 일종의 변명을 한 것이다. 아니, 정확하게는 이 재판에서 어떻게 거짓말하라고 알려 준 셈이다.

"더 질문할 게 있습니까?"

"없습니다."

"그럼 증인, 들어가세요."

노형진이 바보도 아니니 그들이 이미 길을 알려 준 사람에게 질문할 리 없다. 그리고 방청석에서는 분주하게 원고들이 대화하는 것이 보였다.

'이제라도 이야기를 맞추겠다는 거겠지. 바보 아냐?'

노형진이 더 이상 공격하지 않고 물러난 것은 다 이유가 있었다. 저들이 저런 식으로 할 거라는 걸 예상했기 때문이다.

'하여간……'

저들은 모른다, 그런 자신들을 재판관이 유심하게 바라보고 있다는 사실을.

과연 재판관이 그걸 보고 서로 위로해 주는 것이라고 생각할까? 아니면 서로 뭔가를 짜고 있다고 생각할까?

"친애하는 재판장님, 그럼 다른 증인을 신청하고 싶습니다."

"인정합니다."

"그러면 원고 중에서 누르 앗 딘을 증인으로 신청합니다."

시선이 한쪽으로 쏠렸다. 가장 어려 보이는 사람이었던 그는 자신의 이름이 호명되자 쭈뼛거리면서 일어났다.

"증인, 선서하세요."

이미 통역관이 대기하고 있었기 때문에 그는 바로 선서하고 증인석에 앉았다.

"증인."

"네."

"증인은 그럼 그 구두 계약을 언제 했습니까?"

"입사 후 회사에서 했습니다."

아니나 다를까, 아까 했던 말이 그대로 나왔다. 그리고 판사의 얼굴에 서리는 한심하다는 표정.

"그렇단 말이지요."

노형진은 그런 그를 바라보았다.

"그러면 그 구체적인 날짜를 기억합니까?"

"네?"

"와서 구두 계약을 하셨다면서요."

"네."

"그럼 그 날짜를 기억하시느냔 말입니다."

"그게…… 잘 기억나지 않습니다. 5월쯤이라고 생각합니다."

"그래요? 한창 추울 때 하셨네요."

"네, 무척 추웠지요."

"그때 눈도 보셨겠습니다."

"네, 눈이라는 거 처음 봤습니다."

"어떠시던가요?"

"신기했습니다."

"그렇군요."

노형진의 말장난에 듣고 있던 사람들 중 일부를 제외하고는 피식 비웃음만 나왔다.

"원고."

"네?"

"그런데 말입니다, 5월에는 눈이 오지 않습니다."

"네?"

"5월은 상대적으로 따뜻한 날씨죠. 물론 원고가 더운 지방에서 왔으니 추울 수도 있습니다. 하지만 눈은 오지 않죠."

"……."

"중요한 계약을 하는 당시에 날씨도 기억하지 못하면서 마치 짠 것처럼 그때 계약한 것은 기억하십니다?"

노형진의 말에 원고 측 변호인이 발끈하면서 일어났다.

"재판장님. 피고 측 변호인은 마치 원고들이 짠 것처럼 표현하고 있습니다."

"음…… 인정합니다. 피고 측 변호인, 아직은 재판 중입니다. 그런 발언은 하지 마십시오."

"알겠습니다."

노형진은 대답했지만 이미 실질적으로 위증인 게 드러난 상황이니 손해 볼 것은 없었다.

'그렇겠지.'

급하게 이야기를 맞추다 보면 대략적으로 몇월이라고 할 수는 있겠지만 그 당시에 관련된 자세한 정보는 몰랐을 것이다. 노형진은 그 점을 노린 것이다.

한국 사람이라면 한국의 사계절에 대해서 잘 알지만 외국인은 그걸 모른다. 그냥 대충 둘러댈 뿐이다.

"그러면 다른 걸 물어보지요. 증인."

"네."

"증인은 한국에 입국한 게 언제입니까?"

"12월입니다."

"그럼 취업한 건요?"

"1월입니다."

"그럼 4개월간 어디에서 살았습니까?"

"네?"

"증인이 그랬잖습니까, 1월에 피고의 회사인 태양실업에 취업했다고? 그렇다면 1월부터 구두 계약을 한 5월까지 대략 4개월간 기간이 비는데 어디에 있었느냔 말입니다."

"그…… 그건……."

누르 앗 딘은 말할 수가 없었다. 당연히 기숙사에 있었으니까.

"기록에 따르면 증인인 누르 앗 딘은 그 기간 동안 기숙사에 있었다고 되어 있습니다. 그렇다면 내용이 이상하게 바뀝니다. 1월에 취업해서 4월에 구두 계약을 했는데 이미 4개월간 기숙사에서 살았다? 말이 안 되지 않습니까? 그건 엄밀하게 말하면 계약되지 않은 상황에서 들어간 것이니까 무단 침입이네요. 그렇지요? 무단 주거침입이 형사처벌 대상인 것은 알고 있습니까?"

"아닙니다! 계약되지 않았을 뿐이지, 다 거기서 살았습니다. 사장님이 돈을 벌어서 가려면 아끼는 게 좋으니까 거기서 살라고 했습니다."

형사처벌이라는 말에 깜짝 놀라서 변명하는 누르 앗 딘.

그러자 그 말을 들은 원고 측 변호사는 참담한 얼굴이 된 반면 노형진은 느긋하게 되물었다.

"그러니까 구두 계약을 하기 전에 이미 거기에서 살라고 배려해 줬다는 거네요."

"네."

"이상하지 않습니까, 이미 거기에 살라고 배려해 줬는데 나중에 숙박비를 따로 구두 계약했다는 게?"

"헉!"

누르 앗 딘은 그제야 자신이 무슨 실수를 했는지 알아차렸다. 상대적으로 한국에서의 경험이 부족한 그로서는 노형진의 절묘한 질문을 벗어날 수 없었던 것이다.

"이상입니다."

노형진이 물러나자 당황하는 원고 측 사람들. 벌써 상황이 안 맞는 게 두 번이나 드러났기 때문이다.

"원고 측, 질문할 거 있습니까?"

"그게…… 없습니다."

이런 상황에서 원고 측 변호사가 물어볼 만한 게 없었다. 애초에 배려로 들어갔다는 말이 나와 버렸기 때문이다.

"음……."

판사는 더 이상 진행할 가치를 느끼지 못했다. 그는 원고 측을 바라보면서 못을 박아 버렸다.

"다음 주에 결심하겠습니다."

그리고 고개를 푹 숙이는 원고 측 변호사.

영문을 모르는 외국인 노동자들은 고개를 갸웃했고, 얼굴이 붉어질 대로 붉어진 여자는 그들을 버리고 휙 하니 나가 버렸다.

인간이라는 이름의 짐승은
키우는 게 아니다

"이겼네요."

"네."

판결문을 보면서 얼떨떨한 얼굴이 되는 이길태.

김성식은 노형진의 변호를 보면서 참 대단하다고 느꼈다.

"내부에서부터 붕괴시키는 방법이 특이하더군."

"원래 기본입니다. 우리나라는 기본에서부터 시작하는 걸 망각하지만요."

수학이든 영어든 모든 것은 기본이 있어야 그 위에 탄탄한 공식이 성립된다. 그리고 그건 법학도 마찬가지이다.

"저들은 분명히 법적으로 방어하는 것만 알려 줬을 겁니다. 아마도 방어를 위해 어느 정도는 정보도 통제해서 대답하는 방법을 알려 줬겠지요."

"그렇겠지."

"하지만 거기에 끌려가면 안 됩니다."

이런 상황에서 사람들은 다들 구두 계약의 여부만 생각을 하지, 그 상황에 대해서는 생각하지 않는다.

하지만 노형진은 그 구두 계약이라는 것이 이론적으로 불가능하다는 사실을 증명함으로써 결과적으로 그들이 만들어 둔 법적인 사실을 모조리 부정했다.

"기본이 없는 변론은 사상누각일 뿐이지요."

"흠······."

김성식은 참 신기하다는 생각이 들었다. 검사로 수십 년을 살았지만 이런 식의 방법은 단 한 번도 생각해 본 적이 없었다.

"이거, 자네한테 배워야 할 게 많을 것 같군."

"뭘 더 배우시려고요, 하하하."

김성식은 요즘 밤마다 기존 사건들을 분석하면서 열심히 스킬을 배우려고 노력 중이었다.

"그나마 다행인 건 나도 알려 줄 게 있다는 거네."

"서로 원원하는 거죠."

김성식은 그 방법과 비교해 가면서 검사들의 공격 방식을 서류로 정리하는 중이었다.

지피지기면 백전불태.

적을 알고 나를 알면 백 번 싸워도 위태롭지 아니한다고 했다.

　방어 방식을 노형진이 알려 주고 현대적인 공격 방식을 김성식이 알려 준다면 새론의 승률은 높아질 수밖에 없다.

　"그나저나 이제 어떻게 된 건가요? 그냥 일하면 되는 건가요?"

　"아마도요."

　"아마도?"

　"네."

　노형진은 선을 그었다. 보통 이런 것은 2심까지 가는 게 보통이다. 상대방이 항소하니까.

　"하지만 저쪽은 항소하지 못할 겁니다."

　변호사는 나가떨어졌고, 아리랑인권협회는 더 이상 가치가 없다고 판단했는지 손을 떼 버렸다.

　결국 그들이 항소하려면 직접 돈을 모아서 해야 한다.

　'그게 가능할 리 없지.'

　일단 돈을 내놓으려고 할 리 없다.

　더군다나 그런 것에 대해서 알려 줄 사람도 없다.

　그들은 졸지에 한국이라는 나라에 법적으로 버려진 것이다.

　"결과적으로 그들의 미래는 이길태 사장님의 선택에 남아 있습니다."

　"제 손에요?"

　"네. 계속 고용 관계를 이어 갈 것이냐, 아니면 어떤 방식으로든 해지할 것이냐."

"음……."

고용이 해지되면 그들은 돌아가야 한다.

물론 다른 곳에 구할 수도 있겠지만 상식적으로 자신들이 일하는 회사를 소송했던 외국인 노동자를 쓰려고 할 곳은 없다.

'더군다나 저들이 그런 곳에 적응하기 쉽지 않지.'

노형진이 봤을 때 태양실업은 그들이 일할 수 있는 최적의 장소였다.

그들끼리 일할 수 있게 팀도 개별로 짜 줬고 통역하는 아사드에게는 따로 통역비까지 줬다. 심지어 저들이 이슬람 신자인 점을 감안하여 저들이 먹을 수 있도록 별도로 할랄 식품을 구입해서 음식을 공급했다.

여기서 할랄 식품이란 이슬람 율법에 따라 도축한 양과 소, 닭 등을 말한다.

"불쌍한데."

이길태는 여전히 그들이 불쌍한지 주저하는 얼굴이었다. 그런 이길태에게 김성식은 한마디 조언을 해 줬다.

"이길태 사장님."

"네?"

"제가 검사를 하면서 느낀 게 뭔지 아십니까?"

"어떤 건가요?"

"한번 배신한 인간은 다시 배신한다는 겁니다."

"배신……."

"솔직히 제가 외국인 노동자들에 대해서는 잘 모릅니다. 하지만 그들은 자신들의 탐욕을 위해 사장님에게 소송을 걸었습니다."

"……."

"그리고 졌지요."

"하지만 그러니까 더 반성하고 다시 뉘우치지 않을까요?"

아무래도 이길태는 천성이 착해 빠진 모양이었다.

하지만 김성식의 생각은 달랐다.

"호의가 계속되면 권리라고 생각하는 게 인간입니다. 한번 당하셨잖습니까? 이번에 다시 호의를 베풀면 그쪽에서 뭐라고 생각할까요? 아, 이분이 우리를 용서하고 다시 받아 주시는구나? 천만에요. 분명 얼마 있다가 다시 기숙사를 달라고 요구할 겁니다."

"음……."

지금이야 소송에 졌다고 조용히 있지만 그냥 받아 주면 그냥 있을 리 없다.

"저도 그렇게 생각합니다."

노형진 역시 김성식의 말에 동의했다.

저들은 이미 한번 자신들의 본심을 드러냈다. 거기에 다시 기회를 주면 다시 요구할 것이다.

"저들은 지금까지 내지 않던 비용이 많이 들어가게 될 겁니다. 과연 그게 아까울까요? 아니면 그걸 다시 회사에 뒤집 어씌우려고 할까요?"

"……."

월세를 구하는 게 쉬울까?

쉽지 않다. 당장 월세 하나 구하려면 보증금이 2천이나 필요하다. 4인이 한 방에 산다고 해도 한 사람당 500만 원이다.

더군다나 그곳에 살게 되면 기존에 회사에서 내주던 전기세나 수도세, 가스비, 냉난방비도 모조리 자신들이 내야 한다.

"그들이 그만큼을 열심히 일해서 채워 넣을 것 같습니까? 아닙니다."

분명 여러모로 회사에 깽판을 치면서 내 달라고 할 것이다.

"인간이란 그런 존재입니다. 호의를 권리로 아는 녀석들은 바뀌지 않습니다."

김성식의 말에 김길태는 마음을 굳혔다.

"그러면 어떻게 해야 할까요?"

"당연히 쳐 내야지요."

김성식은 검사 출신이라 그런지 좀 강하게 나가는 편이었다. 그는 단호하게 선을 그었다.

"배신자는 키우는 거 아닙니다."

"하지만…… 자를 방법이 없는데요?"

현재 그들은 법에 의해 보호받고 있는 정식 노동자다. 자르면 다시 소송이 진행될 뿐이다.

그리고 이번에는 부당 해고가 맞기 때문에 복직시켜야 할 가능성이 높다. 소송에 대한 보복이 맞으니까.

"자르지 않아도 됩니다."

"네?"

그런데 노형진의 말은 의외였다.

"자르려고 해 봐야 저쪽에서 나가지도 않을 테고 반성하지도 않을 겁니다."

"그럼요?"

"최소한 분란을 일으키는 녀석들은 내보내야 합니다."

사람을 노예로 쓸 것은 아니다.

"분란?"

"네, 스무 명이 사람들이 한꺼번에 움직였을 것 같습니까? 아닙니다. 사람들의 행동 패턴은 그렇지 않습니다. 보통은 몇몇이 선동하고 그에 넘어간 사람들이 그에 따라 움직이는 거죠. 더군다나 여기는 한국입니다. 해외에 취업한 사람들이 자기들끼리 동일한 의견을 가지고 움직인다? 말도 안 되죠. 누군가 선동했을 겁니다."

"음……."

노형진은 대충 누군지 알 것 같았다. 하지만 확신은 할 수 없었고 확실하게 하기 위해서는 알아봐야 할 게 있었다.

"그러니까 제 말대로 하세요. 최소한 그 녀석을 쳐 내지 않으면 계속 같은 꼴을 당할 겁니다."

"하아."

결국 김길태는 한숨으로 노형진의 말에 따르겠다는 의사를 대신할 수밖에 없었다.

⚖️

"이게 뭐야!"

그들의 앞에 놓인 물건. 그걸 보고 노동자들은 기겁했다.

"이게 뭐냐고!"

"뭐긴 뭐야? 삼겹살이지. 삼겹살 첨 봐?"

배식하던 직원은 짜증스럽게 그들을 바라보았다.

'망할 놈들.'

가뜩이나 그들에 대한 평판은 좋지 못했다. 사장님은 그냥 불쌍하다고 계속 봐주자고 했지만 그들은 그걸 가지고 이용해 먹기 일쑤였던 것이다.

제대로 일도 하지 않으면서 위에 뭐라고 하면 외국인이라고 미워한다는 식으로 둘러대거나 물건을 불량으로 만들어 두고 뭐라고 하면 한국말을 모른다는 식으로 대응하는 게 보통이었다.

그러나 가장 큰 문제는 '살라트'라고 하는 이슬람식 기도 시간이었다. 그들은 하루에 다섯 번 기도해야 한다는 것이다. 그게 새벽 5시에 한 번, 12시에 한 번, 2시에 한 번, 5시에 한 번, 6시에 한 번이다.

새벽 5시야 그렇다고 쳐도 나머지는 다 근무시간이다. 그들은 근무하다 말고 기도해야 한다고 기도실로 가 버리기 일쑤였고 한번 가면 못해도 30분은 그곳에 있었다. 즉, 하루 여덟 시간 근무 중 고작 여섯 시간 근무하는데 그마저도 대충하고는 한국 사람과 똑같은 월급을 받아 간 것이다.

"흥."

물론 그런 것에 대해서 몇 번이나 사장에게 건의했지만 사장은 불쌍한 사람들이니 봐주자고 했다.

'이건 역차별이지.'

상식적으로 일은 조금 하고 혼도 안 나고 기숙사까지 주는데 그들은 더 큰 욕심을 부린 것이다. 그러다 보니 그 때문에 회사 내부의 분위기는 좋지 않았다. 다행히 이번에는 사장이 마음을 독하게 먹은 것 같지만 말이다.

"이걸 왜 주냐고!"

아사드는 소리를 버럭버럭 질렀다. 그럴 수밖에 없는 것이 이슬람에서 돼지고기는 금기 음식이기 때문이다.

"먹으라고 주는 건데?"

"할랄 음식을 가지고 와야 할 거 아냐!"

"할랄 음식? 이제 안 나와."

"뭐?"

"소송비로 돈이 많이 나가서 비싼 할랄 식품을 못 산다고 하더라."

"장난해!"

"장난 아냐."

배식하던 직원은 시큰둥하게 말했다.

"이거 따질 거야! 이건 우릴 차별하는 거야!"

"그럼 따지시든가."

"이익! 모두 나가! 이건 차별이야! 우리는 이렇게 당하고 살지 않겠어!"

아사드는 뒤에 있는 다른 외국인 노동자들을 이끌고 식당 바깥으로 나가 버렸다. 아사드가 나가자 뒤쪽에 있던 노형진과 김성식이 스윽 모습을 드러냈다.

"어떻게 생각하나?"

"저 녀석이군요."

"그렇지?"

"네, 확실한 것 같습니다."

기본적으로 이슬람은 돼지고기가 먹을 수 없는 대상이다. 종교적으로 그렇게 되어 있다. 하지만 모든 사람들이 다 그런 것은 아니다. 기독교에서 심하게 빠진 사람들은 술과 담배를 금지한다고 하지만 일반적인 사람들은 대부분 술과 담배를 즐기듯이 이슬람 신도들도 극단적으로 빠진 게 아니면 어느 정도는 먹는다.

더군다나 여기서 일하는 사람들은 중동에서 온 게 아니라

동남아 쪽 이슬람 국가 사람들이다. 그쪽은 전통적으로 돼지를 먹어 왔다. 할랄이 아니라고 하더라도 굳이 신경 쓰는 편이 아니었던 것이다.

"그런데 저 녀석만 그러네요."

"그렇지?"

그런데 유일하게 압둘 아사드만 격하게 반대하면서 화내고는 다른 사람들을 이끌고 나가 버렸다. 즉, 그들이 종교적으로 아사드에게 끌려가고 있다는 뜻이다.

"어딜 가나 극렬분자들이 문제라니까."

김성식은 얼굴을 찌푸렸다. 극렬분자들은 자신의 것 외에는 인정하지 않는다. 종교나 신념으로 포장하지만 결과적으로 자신들의 이득을 위해 움직이는 사람들이 그들이다.

"하여간 쉽게 알아냈네요."

다른 경우라면 알아내는 게 어려웠을 것이다. 하지만 이슬람을 믿는 사람이다 보니 삼겹살 하나에 그렇게 극단적으로 반응했던 것이다.

"일단 좀 알아봐야겠네요."

노형진은 심각한 얼굴이 되어 갔다.

⚖

"망할 놈들!"

아사드는 분노하고 있었다. 그는 한국에 두 번째 오는 것이었다. 처음에는 좋았다. 자신이 번 돈으로 집에 가서 집도 샀고 또 가족들에게 작은 가게도 낼 수 있었다.

"망할 한국 놈들."

하지만 그는 돌아가고 나서 적응할 수가 없었다.

낙후되고 가난한 자신들의 나라. 그곳에서 그럭저럭 살게 되었다고 해도 한국의 가난한 사람보다 훨씬 힘든 삶을 살고 있었다.

창문도 없는 집. 제대로 된 도로도 없는 나라. 화장실조차도 제대로 없는 그곳에서 그는 오로지 다시 한국에 오기 위해 노력했고, 그 결과 오기는 했다. 하지만 그 과정에서 내면의 뭔가가 바뀌었다.

"망할 한국 놈들."

아마도 자신이 귀화 신청이 거절당한 후부터일 것이다. 돌아가기 싫었다. 하지만 자신을 거절한 한국은 더더욱 싫어지고 있었다.

"언젠가는 복수할 거야."

그는 이를 바득바득 갈고 있었다.

'역시'.

노형진은 침대에서 손을 떼면서 얼굴을 찌푸렸다.

"이럴 줄 알았지."

다행히 기숙사가 완전히 나간 상태가 아니라서 회사에서 지급했던 물품들은 그곳에 있었던 것이다. 그중 하나가 바로 2층 침대였는데 노형진은 거기서 압둘 아사드의 기억을 읽을 수 있었다.

"기가 막히는군."

그는 한국 귀화에 실패하자 그 분노를 자신을 보살펴 준 사람들에게 퍼붓고 있었던 것이다. 그것도 다른 사람들까지 동원해서 말이다.

"이거, 이거, 어쩐다."

결국 아사드를 쳐 내지 않으면 상황은 바뀌지 않는다. 문제는 아사드의 계약 기간은 아직도 3년이나 남아 있다는 것.

'그냥 쫓아낼 수는 없잖아.'

그냥 계약 해지를 한다고 해도 끝이 아니다. 그는 정식으로 한국에 입국한 만큼 다른 직장을 얻을 수도 있기 때문이다.

'그런데 이런 녀석은 문제가 되는데.'

이런 녀석들은 어딜 가나 문제가 된다. 세력을 규합하고 권력을 만들려고 하기 때문이다.

⚖️

"그래?"

"네."

노형진은 김성식과 이길태에게 사정을 말했다. 이길태는 어이가 없다는 표정이 되었다.

"그게 사실인가요?"

"네."

"아니, 내가 얼마나 잘해 줬는데."

애초에 어떤 사장이 기도하라고 기도실을 만들어 주고 심지어 기도 시간도 주겠는가? 그런데 배신이라니.

"말씀드렸잖습니까, 호의가 계속되면 권리인 줄 안다고."

처음에는 감사했을지는 모르지만 지금은 그게 받아야 하는 당연한 권리인 줄 알고 그렇게 버티는 것이다. 더군다나 그런 식으로 대접받다가 귀화 신청이 거절되자 그 분노를 이쪽으로 돌리기까지 했다.

"끄응……."

이길태는 고민에 빠졌다. 설마 아사드가 그런 생각을 하고 있을 거라 생각하지 못했다.

"그럼 어떻게 하죠?"

"글쎄요……. 일단은 시간을 봐 가면서 그가 이상한 행동을 하거나 업무에 태만할 때 그걸 이유로 계약을 해지하는 방법이 있기는 합니다만."

그건 시간이 걸린다. 더군다나 그 녀석은 현재 회사 내부에서 분탕질을 치는 상황.

"이래서 죄다 불법체류자를 쓰려고 하는군요."

정식으로 들어온 사람인 만큼 국가에서 보장해 준다.

문제는 그가 이런 식으로 문제를 일으켜도 어떻게 할 방법이 없다는 것이다. 자기들끼리 뭉쳐서 다니는 것은 불법이 아닌 데다가 회사에 개선 사항이라고 쓰고 불만 사항을 이야기하는 것도 불법은 아니다. 심지어 이런 식으로 터무니없는 소송을 했다고 자르면 보복으로 간주해 버린다.

"도리어 내국인이 더 보호받기 힘드네요."

노형진은 상황을 보면서 고개를 절레절레 흔들었다.

"흠……."

그러는 사이 김성식은 잠시 고민하는 듯하다가 노형진을 바라보았다.

"그 녀석의 귀화 신청이 거절되었다고?"

"네."

"그쪽으로 파고드는 건 어때?"

"그쪽으로요?"

"그래, 내가 알기로는 귀화 신청이 어렵기는 하지만 그래도 이유가 있어야 거절하거든. 보통은 한국어를 못해서 걸러지는데 아사드는 한국어를 잘하잖아?"

그건 그렇다. 한국어는 그 범용성은 무척이나 뛰어나긴 하지만 사실 배우기 힘든 언어 중 하나다. 그래서 귀화 신청을 하는 많은 사람들이 한국어에서 고배를 마신다.

"적당한 이유라면 어쩌면…… 해결책이 나올지도 모르지."

얼마 뒤 김성식은 그 이유를 알아 왔는데 그 이유가 참으로 어이가 없었다.

"이건 애초에 우리를 탓할 게 아니잖아요?"

"그러니까."

귀화 거절 사유는 간단했다. 한국에서 강제 추행으로 벌금 300만 원이 선고된 것이다. 술을 먹고 지나가던 여중생에게 다짜고짜 결혼하자면서 가슴을 만지고 키스를 했다는 것이다.

"자기가 잘못했는데 왜 남한테 성질이래요?"

"세상에 어떤 나라가 성범죄자의 귀화를 받아 주겠나?"

그런데 도리어 한국에 분노를 가지고 주변에 폐를 끼치다니 노형진은 기가 막혔다.

"아셨습니까?"

"아니요…… 몰랐습니다."

"하긴…… 이건 들어와서 취업하기 전에 받은 거군요."

취업 전에 벌어진 사건이었다. 그나마 다행히 벌금으로 끝나서 자격이 박탈된 것은 아니지만 어찌 되었건 전과 기록이 남았으니 당연히 귀화가 거절될 수밖에 없다.

"이걸 가지고 자를 수는 없겠는데?"

일단 벌금을 납부한 것으로 끝났다. 귀화의 대상은 아니지만 그렇다고 추방의 대상이 되는 것도 아니다. 당연히 해직

사유도 되지 않는다.

"확실히 자를 수는 없지요."

노형진은 미소를 지었다. 하지만 방법이 없는 건 아니었다.

"그러나 스스로 나가게 할 수는 있을 것 같습니다."

"스스로 나가게?"

"네."

"어떻게 말인가?"

김성식은 고개를 갸웃했다.

철저하게 한국의 법의 보호를 받는 외국인 노동자다. 마음대로 자를 수는 없다. 그렇다고 나갈까?

'나갈 리 없지.'

외국인 노동자 근무 상황에 대해서 알지 못하는 김성식도 알 만큼 태양실업의 근무 조건은 좋다. 저 녀석도 그걸 알고 있기 때문에 불만을 토로하고 소송을 걸지언정 그만두지 않고 버티는 것이다.

"그럼 무슨 수로 쫓아내게?"

"그는 한국인이 아니니까요."

"한국인이 아니라고 집단 린치라도 가할 생각인가?"

"아니요. 그럴 리가 있습니까?"

노형진은 그럴 생각이 없었다. 게다가 그럴 수도 없었다.

"하지만 한국인이 아닌 만큼 다른 방법이 있지요."

"다른 방법?"

"네, 후후후."

"덥군."

노형진은 공항으로 내리면서 눈을 찌푸렸다.

"와, 진짜 억울하네. 여름휴가도 못 갔는데 일하러 오다니."

이곳은 휴양의 천국이라고 불리는 곳이다. 물론 돈 있는 외국인에게는 그렇다. 대부분의 가난한 내국인에게는 그렇지 않지만.

"미스터 노!"

그 순간 손을 번쩍 드는 한 남자. 노형진이 사전에 연락해 둔 변호사였다.

"반갑습니다. 오시는 길이 힘들지는 않으셨는지요?"

"아뇨, 괜찮았습니다."

"그렇군요. 이리."

라드 아민은 웃으면서 노형진을 맞이했다.

"그나저나 제가 부탁한 곳은 찾았습니까?"

"네, 찾았습니다. 부탁하신 모든 준비는 끝났습니다."

"다행이군요."

"하하하."

라드 아민은 미소를 지으면서 노형진을 바라보았다.

한국에서 자신이 세운 법률 회사와 일하고 싶다고 하기에 무슨 사건인가 했는데 생각보다 쉬운 사건이었던 것이다.

'꼭 잡아야 한다.'

새론은 한국뿐 아니라 이곳에서도 유명했다. 그럴 수밖에 없는 게 지점을 세우고 이곳에 관광을 왔거나 이주한 한국인들에게서 사건이 생기면 도와주고 있기 때문이다.

문제는 그들은 아주 부자라는 것.

이 나라는 가난한 나라다. 변호사가 많지는 않지만 변호사 비를 낼 만한 부자는 더욱 적다. 즉, 자신이 성공하기 위해서는 그들과 선을 만들어서 한국 관광객의 사건을 넘겨받는 게 최선이라는 뜻이다.

"생각보다 빠르군요."

노형진은 솔직히 놀랐다. 계획을 짜고 움직인 지 며칠이 되지 않았다. 그런데 그렇게 빠르게 움직일 수 있다는 사실이 놀라웠다. 사실 노형진은 여기까지 왔을 때 그들을 찾았다면 다행이라고 생각했는데 말이다.

"돈이면 뭐든 되니까요."

노형진은 씁쓸해졌다. 한국도 마찬가지이기는 하지만 여기는 더욱 심하다는 게 기억난 것이다.

'뇌물인가?'

하긴 단돈 몇십 달러에 살인 사건이 일어나는 나라니까.

"시간은 언제죠?"

"오늘 오신다고 해서 내일 할 수 있게 했습니다."

"그렇군요."

라드 아민의 말에 노형진은 고개를 끄덕거렸다.

'불쌍하기는 하지만.'

결과적으로 자초한 일이다. 그리고 그 책임은 본인이 져야
한다.

다음 날, 라드 아민과 노형진은 근처의 허름한 가게로 향
했다.

"누구세요?"

그들과 함께 온 사람들을 본 가족들의 눈에는 공포가 어렸
다. 그럴 수밖에 없는 게 그들이 좋은 의도로 온 것이 아니라
는 것쯤은 알 수 있었기 때문이다.

"법원에서 나왔습니다."

"법원?"

이 나라에도 법원이 있고 경찰이 있으며 판사가 있다. 그
리고 당연하게도 법이 있다.

"아니, 법원에서 왜?"

"압류하기 위해서입니다."

"압류?"

힘든 삶을 산 것처럼 보이는 여자가 되물었다. 이해하지 못하는 것일까?

'아내인가? 아니면 동생? 나이로 봐서는 엄마는 아니겠고.'

어찌 보면 불쌍하다. 저 여자는 자신의 잘못이 아닌 일로 이 고초를 겪는 것이니까.

"압둘 아사드가 남편 맞습니까?"

"네, 맞습니다."

아마도 아내였던 모양이다. 노형진은 얼굴을 찌푸렸다. 결혼까지 한 녀석이 한국 귀화라니.

'결국은 그거군.'

그곳에서 귀화하면 아마 다시는 못 보게 될 것이다. 애초에 이들에게 한국으로 들어올 돈이 없기도 하지만.

'남편을 잘못 만났군.'

노형진은 그런 생각을 했지만 이미 상황은 끝나 있었다.

"압둘 아사드가 한국에서 범죄를 저질렀습니다."

"버…… 범죄요?"

눈이 커지는 아내. 그건 생각지도 못한 일이었기 때문이다.

하지만 집행관은 단호했다. 어차피 자신의 일이 아니니까.

"그 손해배상을 하셔야 합니다. 압류가 떨어졌습니다."

"압류라니요. 잠시만요. 그게 무슨 말씀이세요?"

압류라는 시스템은 어느 나라나 기본적으로 있는 사항이다. 그렇지 않으면 피해 보상이 불가능하기 때문이다.

노형진은 그 점에 착안해서 성추행의 피해자 가족들을 설득해서 소송을 한국이 아닌 이곳에 내게 했다. 그리고 적당한 뇌물은 그 사건을 엄청난 속력으로 처리할 수 있게 해 줬다.

"이 건물과 재산을 압류할 겁니다."

"그건 말도 안 돼요! 이게 어떤 재산인데! 안 됩니다! 안 돼요!"

그녀는 절규했다. 하지만 집행관은 가차 없었다.

"안 돼요!"

그녀의 절규가 들려서일까, 안에서 다른 가족들이 뛰어나왔다. 아마도 강도라도 들었다고 생각했는지 몇몇은 몽둥이를 들고 있었다. 하지만 그들 역시 그 소식을 듣고 절망했다.

"안 돼!"

"이건 안 돼!"

사정없이 끌어내어지는 집안 세간들.

이곳은 한국과 달랐다. 한국은 일단 딱지를 붙이고 경매일을 기다리지만 이곳은 먼저 끌어내는 모양이었다.

"가지고 갑니까?"

"압류된다고 하면 죄다 가져다가 팔아 버리거든요."

"아아."

대충 상황을 알 것 같았다. 건물이야 그렇다고 해도 저런 물건들은 빼앗기느니 팔아 버리니까.

실제로 한국도 마찬가지다. 경매로 넘어간 건물에 가면 문

짝이고 창문이고 다 박살 나 있다. 그래서 경매해 본 사람은 고치는 것을 고려해 1천만 원 정도 더 예산을 잡는다.

"으아아!"

"안 돼!"

"제발요! 한 번만 봐주세요!"

그들이 울고불고 하든 말든 집행관들은 가차 없이 그걸 끌어냈다. 노형진은 마음 한구석으로는 미안한 마음이 들었지만 그렇다고 해서 멈출 생각은 없었다.

'어차피 조만간 돌려줄 거니까.'

그는 그렇게 생각하면서 몸을 돌렸다.

"다음 장소로 가지요."

"벌써요? 끝까지 안 보십니까?"

"뭐, 볼 이유가 있습니까?"

"하긴 그렇지요."

라드 아민은 노형진은 데리고 바로 다음 장소로 향했다.

노형진도 마음 같아서는 힘들게 온 것인 만큼 길게 쉬면서 있고 싶었지만 그럴 수가 없다는 것이 문제였다. 이미 일은 산처럼 쌓여 가고 있었다.

"여기입니다."

"그런가요?"

"네, 이미 얘기가 다 되어 있습니다."

고개를 끄덕거리면서 안으로 들어간 노형진은 잠시 후 다른 사람을 만나서 대화를 나눴다.

"그런 일이 있었습니까?"

그는 이미 다 알면서도 마치 처음 듣는다는 것처럼 모른
척하고 있었다.

"이런, 죄송해서 어쩌지요? 우리가 골라서 보냈는데 그런
일이 있을 거라고는 생각하지 못했습니다."

천연덕스럽게 말하는 상대방. 노형진은 한숨만 나왔다.

'이건 뭐, 움직이면 돈이네.'

이미 아민 변호사가 다 이야기했다고 했다. 그럼에도 불구
하고 저런 식으로 모른 척한다는 건 한 가지 목적을 가지고
있을 때뿐이다.

"여기, 약소하지만……."

아니나 다를까, 아민 변호사는 미리 준비한 봉투를 슬쩍
건넸고 상대방은 그걸 받아 들고는 책상 아래로 숨겨서 내용
물을 확인하더니 빙긋 미소를 지었다.

"죄송합니다. 그런 나쁜 놈이 해외에서 우리나라의 이름
을 더럽히면 안 되지요."

"그렇지요. 하하하."

노형진은 웃으면서도 돈이 아까웠지만 어쩔 수 없었다.

"가능하면 빨리해 드리겠습니다."

"얼마나 걸릴까요?"

"아마 열두 시간쯤 걸릴 것이다."

역시 뇌물의 힘이라고 할까? 못해도 일주일은 걸리는 것이 고작 열두 시간이라니.

"그러면 가능하면 빨리 부탁합니다."

노형진은 기왕 이렇게 된 거, 모든 걸 마무리하고 서류를 가지고 가기로 했다.

"걱정하지 마십시오."

봉투를 받은 공무원은 행복한 함박미소로 답했다. 하지만 노형진은 그런 그에게 씁쓸한 미소를 보낼 뿐이었다.

⚖️

"기본적으로 숙소는 줘야 하는 거 아닙니까?"

버럭버럭 소리를 지르는 압둘 아사드.

아니나 다를까, 노형진의 말대로 상황을 보겠다면서 기다리고 있자 압둘 아사드는 그 본색을 드러내고 과거와 같은 요구를 하고 있었다.

"사람을 부려 먹었으면 먹고사는 정도는 해결해 줘야지요. 그리고 기도실은 왜 없앤 겁니까? 이거 종교 탄압입니다!"

"더 이상 근무시간에 기도하는 것은 용납 못 하겠네."

"이거 제소할 거예요! 네? 알아요? 제소할 거라고요!"

압둘 아사드를 위시해서 사장실로 몰려와 행패를 부리는 외국인 노동자들.

이를 본 이길태는 이를 바득바득 갈고 있었다.

'내가 다시는 외국인 쓰면 성을 간다.'

경찰에 신고해도 '한국말 몰라요.' 같은 말 몇 마디만 하면 귀찮다고 풀어 주니 아주 기고만장해진 상태였다.

"빨리 복구해 놔요!"

불쌍한 건 불쌍한 거지만 그렇다고 호의를 권리인 것처럼 마구 요구하는 아사드의 말에 이길태가 한마디 하려던 순간이었다.

"복구해 줄 필요 없습니다."

"뭐야?"

고개를 돌린 아사드는 노형진과 김성식의 등장에 얼굴을 찌푸렸다.

아는 사람이다. 그 재판에서 사장인 이길태를 변호했던 변호사들.

'그래서 너희들이 어쩔 건데?'

아사드는 자신 있었다. 자신들은 한국 법에 따라서 근로자로서 보호받으니 이길태는 자신들을 자를 수가 없다.

물론 불손하다는 것이 해고의 사유가 될 수도 있다. 하지만 자신들은 외국인이다. 한국어와 한국 풍습을 잘 몰라서 그런 거라고 대충 둘러대면 복직된다.

"여기는 법이 끼어들 거 아니니까 꺼져요."

아사드는 비웃음을 날렸다. 하지만 노형진은 그런 아사드의 비웃음을 환한 미소로 맞이했다.

"아사드 씨."

"뭐요?"

"해외에서 일하려면 뭐가 필요한지 아십니까?"

"뭐?"

노형진의 말에 고개를 갸웃하는 아사드.

해외에서 일하려면 필요한 것? 그걸 모를 리가 있나?

"뭐긴 뭐요. 비자지."

한국에 와서 일하기 위해서는 한국의 취업 비자가 필요하다. 그리고 취업 비자를 받은 자신은 한국의 법의 보호를 받는다.

"그거 말고 하나가 더 필요하지요."

"하나 더?"

고개를 갸웃하는 아사드. 다른 사람들 역시 뭔지 모르겠다는 표정이었다. 그 대답은 노형진이 아니라 김성식이 대신해 줬다.

"여권이 필요하지."

"여권?"

"그래, 너희 나라에서 네가 해외에 나가도 된다고 허락하는 것 말이야."

"난 이미 여권을 받았거든?"

"정확하게 말해야지. '받았거든.'이 아니라 '받았었거든.'이다. 아직 한국어를 다 못 배웠군."

"뭐?"

하지만 김성식은 대답 대신에 뒤쪽으로 손을 까딱했고, 그 뒤에서는 두 사람이 나타났다.

"출입국 관리 사무소에서 나왔습니다."

얼굴이 딱딱해지는 외국인들. 그럴 수밖에 없는 게 자신들을 관리하는 곳이기 때문이다. 하지만 그렇다고 해서 겁먹은 건 아니었다. 자신들은 이미 여권과 비자가 있고 불법체류하고 있는 것도 아니기에 그들에게 잡힐 이유는 없다.

"그래서 뭐? 날 추방이라도 하려고?"

"정확한 판단."

"뭐?"

반쯤 빈정거리는 뜻으로 한 말인데 노형진이 그게 맞다고 하자 아사드는 순간 당황했다.

노형진은 품에서 뭔가를 꺼내서 그에게 내밀었다.

"당신 나라 말이니까 이게 어떤 뜻인지 알고 있지요?"

"그건……."

그게 뭔지 몰라서 낚아채서 살피던 아사드의 눈이 격하게 떨리기 시작했다. 이 서류에 따르면 자신은 한국에서 저지른 범죄를 이유로 여권이 취소된 것이다. 비자가 없어서 한국에 없는 게 아니라 여권이 없어서 한국에 못 있게 된 것이다.

"이게 뭐야! 무슨 짓을 한 거야!"

"보다시피. 그거 찢어 봐야 소용없습니다. 사본이니까요."

아사드는 버럭버럭 화내면서 서류를 찢었지만 노형진이 원본을 줄 리 없다. 이미 원본은 출입국 사무소에 제출된 상태였다.

"여권이 없으면 불법체류입니다. 추방하겠습니다."

"잠깐! 이건 아니야! 멈춰!"

그는 저항하려고 했다. 그리고 일이 심상치 않게 돌아가고 있다는 것을 알아챈 외국인 노동자들은 순식간에 압둘 아사드에게서 멀어져서 다른 쪽에 몰려 있었다.

"아, 잠시만요. 아직 끝난 거 아닙니다."

노형진은 아사드를 잡으려고 하는 출입국 관리소 직원들을 만났다.

"그리고 아사드 당신이 알아야 하는 게 있습니다. 당신 나라의 당신 재산, 그거 다 가압류 상태입니다."

"뭐?"

"한국에서 당신이 성추행했죠? 그에 대해 피해자가 손해배상을 청구했습니다. 그런데 어차피 이 나라에 남은 돈은 없을 테니 그곳에서 압류했지요."

아사드의 얼굴이 사색이 되었다. 그럴 수밖에 없는 게 이곳에서의 환율과 고국에서의 환율이 다르기 때문이다. 이곳에서는 성추행 배상금이라고 하면 아주 부담스러울 정도는 아니겠지만 고국에서는 집을 팔아야 만들 수 있는 돈이다.

"세간살이로는 좀 부족하더군요. 아마 집도 파셔야 할 겁니다. 어차피 돌아가는 비행기값도 당신이 내야 하는 거니까 아시죠?"

추방할 때의 비용은 추방 당사자가 내도록 되어 있다. 그리고 그 돈 역시 아사드의 입장에서는 적은 돈이 아니다.

"안 돼! 이럴 수는 없어!"

"이럴 수는 없다니요. 이미 벌어졌습니다."

노형진은 몇 개의 사진은 그의 앞으로 던졌다. 압류되는 장면과 절규하는 가족들의 모습.

"어차피 가족들을 안 볼 생각이었잖습니까?"

"안 돼……."

보지 않을 생각은 아니었다. 국적을 따고 나서 한 명씩 한국으로 불러들일 생각이었다.

"그런데 어쩌죠, 이제 여권이 박탈당했으니?"

여권이 박탈당한 이상 그는 해외에 나갈 수 없다.

물론 다시 발급받을 수도 있을 것이다. 하지만 범죄로 박탈된 여권을 정부가 다시 발행해 줄 리 없다.

설사 해 준다고 해도 성범죄 전력이 있는 그를 데려가서 일을 시켜 줄 나라는 없다.

"고용을 유지하고 싶지만 안 되겠네요."

노형진의 회심의 일격이었다. 그는 법적으로 자신의 고용이 보장되어 있는 걸 이용해서 패악질을 벌였지만 정작 자신의 나라가 어떤 식인지는 몰랐던 것이다.

'거참…… 빠르네.'

사실 여권 박탈은 쉽게 되는 게 아니다. 그런데 돈 얼마에 열두 시간 만에 그의 여권은 박탈되었고, 노형진은 관련 서류를 들고 출입국 사무소에 가서 그들을 데리고 온 것이다.

"제발…… 한 번만 봐주십시오. 제발…… 제발!"

그는 다른 사람들에게 빌기 시작했다. 하지만 출입국 관리소 사람들은 눈도 꿈쩍 안 했다. 그러자 아사드는 타깃을 바꿨다.

"사장님, 저 열심히 일했잖습니까? 잘못했습니다. 다시는 덤비지 않겠습니다. 제발 한 번만, 한 번만……."

그는 빌었지만 이미 이길태는 마음을 굳힌 상태였다.

"어쩔 수가 없군. 보내기 싫지만 법적으로 여권이 없는 사람을 쓸 수는 없지 않나?"

"사장님, 용서를……."

물론 이길태가 용서하고 싶다고 해도 여권이 있는 이상 방법은 없지만 말이다.

"사장님……."

울고불고 난리를 치는 그에게 노형진은 슬쩍 다가갔다.

"물론 아예 방법이 없는 건 아니죠."

"바…… 방법?"

"네."

"어떤 방법?"

그는 한국에 남을 수만 있다면 영혼도 팔 생각이었다. 구질구질하고 가난한 자신의 나라로 돌아가기 싫었다.

물론 노형진은 그를 그냥 둘 생각은 눈곱만큼도 없었다.

"여기서 번 돈을 포기하는 겁니다."

"번 돈을 포기하라고……?"

"그러면 최소한 당신네 나라에 있는 돈을 건질 수 있겠지요."

"크헉……."

절묘한 수법이었다. 태양실업에서 번 돈을 포기하면 그 돈으로 피해자에게 배상하고 고국으로 돌아가게 된다. 무일푼으로 돌아간다는 뜻이다.

그렇다고 버티면? 고국에 있는 집과 물건들은 모조리 처분될 것이다. 가족들은 길바닥에 나앉게 된다.

여기서 번 돈? 가지고 갈 수 없다.

당장 쫓겨나는데 이길태가 준다는 보장이 없다. 만일 안 준다면 그는 자국 내에 가서 돈을 달라고 할 수도 없다. 말이야 할 수 있겠지만 압둘 아사드 본인이 한국에 올 수도 없고 수백만 원이나 하는 변호사를 사서 그 월급을 받아 낼 방법도 없다.

"선택하세요. 남은 거라도 보전하느냐, 알거지가 되느냐."

"크흑……."

압둘 아사드는 그제야 후회하면서 눈물을 흘렸지만 이미

늦었다.

"호의는 감사하게 받을 줄 알아야지요."

호의를 권리라고 생각한 그는 그렇게 몰락할 수밖에 없었다.

⚖️

"갔습니까?"

"네."

며칠 뒤 마무리하러 간 곳에서 김성식이 던진 질문에 이길태는 고개를 끄덕거렸다.

"다음 날 바로 추방되었습니다. 돈은 포기했구요. 그 돈으로 피해자분에게 배상해 줬습니다."

"다른 사람들은요?"

"찍소리 안 하더군요."

할 리 없다. 자신들이 절대적으로 믿고 따르던 리더가 압둘 아사드다. 그의 말에 사장도 찍소리 못 하고 있었다. 그런데 그런 그가 자신들의 눈앞에서 빌면서 끌려 나갔다. 더군다나 땡전 한 푼 가지고 가지 못했고 다시는 해외에 나갈 수도 없게 되었다.

"그 후부터는 땡땡이도 안 치고 조용히 일만 합니다. 기도시간도 많이 줄었구요."

전에는 한번 가면 30분씩 잡아먹던 기도 시간이 이제는 10

분 내외다.

"그들은 안 쫓아낼 겁니까?"

"뭐…… 생각해 보니까 그 애들도 불쌍하고 더 이상 문제도 일으키지 않으니 계약 기간 동안만은 그냥 데리고 있으려고요."

노형진은 어깨를 으쓱했다.

"사장님 마음이지요."

'마음 약한 것도 못 고칠 병이라니까.'

저렇게 착한 사람들이 있다. 저런 사람들은 절대 남에게 혹독하게 하지 못한다.

'생각해 보면 저런 사람들이 더 잘 살아야 하는 게 정상인데.'

그런데 언제부터인가 대한민국은 사악할수록 잘 사는 세상이 되어 가는 느낌이었다.

"어찌 되었건 감사합니다."

노형진은 사건을 멋지게 해결했고 골칫덩어리를 다시는 한국에 오지 못하게 만들었다. 심지어 생각지도 못한 배상금까지 피해자에게 줄 수 있었다.

"별말씀을요."

노형진과 김성식은 마무리하고 그곳을 나왔다.

김성식은 그런 노형진 옆에서 피식 웃었다.

"호이가 계속되면 둘리가 된다고?"

"네?"

"자네가 지난번에 한 말 말일세."

"아, 네. 그냥 인터넷 속담인데요."

"속담? 아닌 것 같은데? 마치 마법처럼 사건을 풀어내지 않았나. '호이!' 하고 말이야."

"그런가요? 하하하."

"하여간 그 마법, 나도 좀 배웠으면 좋겠군. 하하하."

그렇게 그들은 웃으면서 사무실로 향했다.

적반하장

"아껴 쓰고 나눠 쓰고 바꿔 쓰고 다시 쓰자, 몰라?"

"모르지는 않는데……."

"근데 넌 왜 멀쩡한 걸 버려?"

"아니, 버린다기보다는……."

"그럼 왜 저기 둔 건데?"

"딱히 쓸 일도 없고……."

노형진은 진땀을 뻘뻘 흘리고 있었다. 상대방은 노형진이 마음대로 할 수 없는 몇 안 되는 사람이다. 그래도 평소에는 논리에서 이겼는데 오늘은 논리에서 못 이기겠다.

"이 애가 말이야, 넌 돈을 아낄 줄을 몰라."

'아니, 내가 돈을 아껴서 뭐하는데…….'

노현아의 잔소리에 노형진은 침을 꿀꺽 삼켰다. 좀 일찍 시집간다 싶더니 어느새엔가 철저한 가정주부 모드가 되었다.

　　"근데 누나, 솔직히 우리가 그렇게 아껴 쓸 만큼 가난한 건 아니잖아."

　　"돈은 천년만년 벌린다고 하디?"

　　'천년만년은 쓸 수 있을 것 같은데?'

　　노형진이 투자한 돈들은 점점 늘어나고 있었다. 특히 버는 족족 금으로 투자하고 있는 상황.

　　얼마 후 금값이 세 배 가까이 뛰면 자신은 아마 한국 제일의 현금을 보유하게 될 것이다.

　　"넌 진짜 검소한 여자를 만나야 해."

　　"난 여자 만날 생각이 없는데."

　　"얼씨구, 잘도 그렇겠다. 그런 녀석이 꼭 가장 먼저 장가가더라."

　　"속도위반한 누나가 할 말은 아닌…… 뜨악! 항복! 항복!"

　　그렇게 행복한 모습을 보면서 노형진과 노현아의 아버지, 노문성이 혀를 끌끌 찼다.

　　"잘하는 짓이다, 다 큰 녀석들이."

　　"우우, 아빠, 우리는 아직 어리거든요."

　　"그런 놈이 사고를 쳐서 오냐? 그리고 노형진, 넌 사회적으로 인정받는 변호사가 그게 뭐냐? 쯧쯧."

　　"접……."

"쩝……."

역시 그들이 아무리 노력해도 아버지를 이길 수는 없었다.

"그리고 아끼는 것만 능사가 아니다. 사람이 돈을 써야 사회가 돌아가는 거야. 네가 돈을 안 쓰면 누가 물건을 만들어서 팔겠니?"

"아……."

"거봐."

왠지 승리의 미소를 만드는 노형진. 그러나 생각지도 못한 누나 쪽 아군이 있었다.

"너희 아빠 말 듣지 마라. 얼마 전부터 새 차 산다고 저러고 있다. 멀쩡한 차를 두고 왜 새 차 타령인지, 원. 그렇지, 샐리야?"

강아지랑 놀고 있다가 촌철살인을 날리는 어머니의 공격에 헛기침하면서 시선을 돌리는 아버지.

'역시 우리 집의 갑은 어머니야.'

누구도 이길 수 없는 어머니의 파워.

그 모습을 보는 노형진의 얼굴에는 미소가 가득했다. 평범하지만 지난 생에 자신이 꿈꿨던 그런 삶이었다.

"거참, 요양한다고 오더니 더 시끄러워."

"요즘은 움직이는 것도 요양이에요."

결혼은 했지만 임신 초기인 만큼 몸 관리를 잘해야 한다. 남자들이 잘 모르는 것 중 하나가 임신 중 가장 위험한 때가 바로 초기라는 것이다. 그래서 노현아는 당분간 친정에서 요양하기 위해서 왔고 노형진 역시 그런 노현아를 만나러 온 것이다. 그러지 않으면 둘 다 바빠서 만나기가 힘드니까.

"그나저나 아버지, 제가 하라는 대로 하셨어요?"

"했다만 세금이 너무 세던데?"

"그래도 후회하지 않으실 거예요."

"뭐, 네가 벌어 준 돈이니 네가 알아서 하겠지만서도."

노형진의 말대로 아버지 역서 재산의 대부분을 금에 투자했다. 심지어 노형진이 갑자기 일부 회사나 영화를 제외하고는 투자를 멈추자 투자계에서는 그의 신상에 무슨 일이 벌어졌나 우려할 정도였다.

"조금만 있으면 좋은 일이 있을 거예요."

"뭐, 그러자꾸나."

노문성은 느긋하게 말했다.

사실 금이라는 자산은 가격이 떨어지기 힘든 만큼 노형진의 말대로 샀지만 오르지 않는다고 해도 손해 보는 것은 없다.

"그나저나 일은 잘되어 가냐?"

"잘되어 가지요."

"그럼 다행이구나."

노문성은 언제나 아들이 걱정이었다. 그래도 딸은 시집갔으니 남편과 함께 잘 사는 일만 남았지만, 노형진은 너무 어린 나이에 세상에 던져진 게 아닌가 하는 고민을 하고 있었다.

상식적으로 보면 그의 나이는 대학을 다니고 있어야 정상인 나이가 아닌가? 더군다나 노형진은 변호사다. 그러다 보니 주변에 적이 많은 것은 다 알고 있는 사실.

  "조심하거라. 우리 걱정시키지 말고."

  "네, 아버지."

  노형진도 그런 그들의 걱정을 알고 있기 때문에 나름 호신술을 배우거나 가스총을 휴대하는 등 안전장치를 만들고 있었다.

  "그나저나 치킨 먹고 싶다."

  "또?"

  그 와중에 뜬금없이 들려오는 한마디. 노형진은 노현아를 경악스러운 얼굴로 바라보았다.

  "어제도 먹었잖아?"

  "어제는 내가 먹은 거. 오늘은 네 조카가 먹는 거."

  "허."

  "하하하."

  그렇게 천연덕스럽게 말하는 노현아를 보면서 노형진을 혀를 내두를 수밖에 없었다.

  ⚖️

  "이보게, 노 씨!"

  누군가 문을 두들기는 소리. 노형진은 잠결에 일어나서 문으로 다가갔다.

"누구세요?"

눈을 비비면서 바라보자 그 너머에는 한 남자가 서 있었다. 그는 다급한 얼굴로 서 있다가 노형진을 바라보고는 얼굴이 환해졌다.

"이거 다행이구만. 다행이야. 아들이 있었어."

"네?"

순간 노형진은 상황을 이해하지 못했다. 저 연배의 어르신이 '노 씨.'라고 하면서 찾는다면 아버지를 찾는 것이기 때문이다.

"무슨 일인가?"

때마침 잠에서 깨서 나오던 아버지는 남자를 보고 어리둥절했다.

"아니, 이장 아닌가? 이 시간에 어쩐 일이야? 지금 새벽 2시야, 이 사람아."

"큰일 났네. 자네 아들이 변호사라고 하지 않았나! 그래서 급하게 찾아왔네, 혹시 도움을 빌릴 수 있을까 해서."

"큰일?"

노형진은 고개를 갸웃했고 노문성은 그를 위해 문을 열어 줬다.

"일단 들어오게. 자세한 건 들어와서 이야기하지."

잠시 후 그들은 거실에 자리를 잡고 앉았고 어머니는 그들을 위해 커피를 내주고는 방으로 들어갔다.

"도대체 무슨 큰일이 났기에 이 난리인가?"

노문성은 노형진 덕분에 크게 돈을 벌고 난 후 복잡한 도시를 떠나서 시골로 내려와 있었다. 텃세가 강하다고 하지만 그것도 돈 없는 사람한테나 하는 짓이라 그다지 적응하기가 어렵지는 않았다.

"변호사를 찾는 걸 보니 무슨 소송이라도 닥친 것 같은데 그러면 나중에 오지 그랬나?"

보통 사고가 터지면 경찰을 찾지, 변호사를 찾지 않는다. 그렇다면 소송이라는 건데 아무리 다급해도 소송으로 이 새벽에 오는 건 예의가 아니었다.

"내 마음이 다급해서 그러네. 자네, 세영이 알지?"

"세영이? 알지."

"그 애가 경찰에 잡혀갔네."

"뭐? 왜?"

깜짝 놀라는 아버지의 모습에 노형진은 호기심이 일었다. 세영이라는 이름을 봐서는 아버지 세대는 아니다. 그때 쓰던 이름이 아니니까. 그런데 그런 사람을 알다니?

"그 애가 왜? 아니, 그 애가 무슨 짓을 했다고?"

"사람을 차로 밀어 버렸다고 하네."

"그게 말이나 돼? 갠 면허도 없을 텐데?"

"알아. 그런데 차로 밀어 버렸다고 경찰에 잡혀갔어."

"그게 무슨 말인가?"

"나도 몰라. 그렇게 들었을 뿐이라고. 그래서 급하게 온 걸세."

"음?"

노형진은 이장의 말을 도무지 이해할 수가 없었다.

"세영이가 누구죠?"

"아, 우리 동네에 있는 소녀 가장이란다. 서세영이라고, 나이 많은 할머니를 모시고 살아. 근데 그 애가 차로 사람을 밀어? 차는커녕 운전도 못하는데?"

"운전을 못해요?"

"소녀 가장이라고 했잖니. 그 애, 이제 고작 고 1이다."

고 1이면 당연히 운전하지 못한다. 운전면허를 딸 수 없는 나이니까. 그런데 차로 사람을 밀어 버리다니?

물론 면허가 없다고 해도 운전하는 법을 배우면 할 수는 있다. 어려운 건 아니니까.

하지만 애초에 차도 없다는데 무슨 수로 운전을 배운단 말인가?

"지금 난리 났어. 서 씨 할머니는 충격으로 쓰러지셨고 애는 끌려갔고."

"음……."

노문성은 노형진을 바라보았다. 노형진은 그의 눈빛을 보고 고개를 끄덕거렸다.

"한번 가 보지요."

"고맙군."

"아니에요."

일단 경찰에 끌려갔다면 기본적으로 변호사의 동석 권한이 있다. 그리고 이 시간에 이장이 급하게 왔을 정도라면 평소에도 착실하게 살아왔다는 뜻이다.

'다만 사건이 이해가 안 가는데 말이지.'

다짜고짜 와서 미성년자가 차로 사람을 밀어 버렸다고 하면 뭔 소리인지 알아들을 수가 없다. 그래서 그녀를 만나는 수밖에 없었다.

"가 보겠습니다."

"그래."

노형진이 다급하게 일어나자 이장은 바로 나가서 자신의 트럭에 시동을 걸었다, 노형진이 경찰서의 위치를 모를 테니.

"어서 가세! 어서!"

"네."

이장의 재촉을 받으면서 노형진은 급하게 옷을 챙겨 입고 바깥으로 뛰기 시작했다.

⚖

"어디 쪼그만 게 사람 무서운 줄 모르고 사람을 쳐? 사람을!"

쾅 소리가 나게 탁자를 두들기는 경찰. 그러자 겁먹고 움츠러드는 작은 아이.

노형진이 경찰서에 들어가면서 가장 먼저 본 모습이었다.

"세상 무서운 줄 모르네. 너 이제 큰일 난 거야. 알아?"

"흑흑."

"질질 짜면 내가 봐줄 것 같아? 어디 차로 사람을 밀어!"

아이에게 윽박을 지르는 경찰을 보고는 노형진은 더 이상 두고 볼 것도 없다고 생각하고는 바로 끼어들었다.

"그러는 당신도 세상 무서운 줄 모르는 모양입니다."

"뭐야, 이 새끼는?"

"변호사라는 새끼죠."

경찰의 얼굴이 사정없이 일그러졌다.

'그렇게 그럴 줄 알았다.'

한두 번 겪어 본 일이 아니었던 노형진은 그 경찰이 무슨 생각을 하는지 알 것 같았다.

'빨라 봐야 모레쯤 올 거라 생각했겠지.'

이곳은 시골이다. 그러니 이 시간에 변호사를 찾는다고 해도 올 사람이 없다. 빨라야 내일쯤 누가 시내에 나갈 테니 모레쯤에나 올 것이다. 운이 좋다면 할머니가 쓰러지셨으니 제대로 도와줄 어른이 없을 수도 있다. 따라서 그 전에 윽박질러서 진술서를 받아 두면 모든 것이 편하다. 그렇게 생각했을 것이다.

'망할 놈 같으니라고.'

노형진이 바라보자 경찰은 찔끔한 표정으로 시선을 돌렸다.

"지금 애한테 뭐하는 겁니까?"

"뭐라니요? 당연히 진술서 받고 있지요."

"제가 본 건 윽박지르는 건데요."

"윽박지른다기보다는……."

"한번 CCTV 돌려 볼까요?"

경찰은 다시 입을 다물었다.

"일단 변호사로서 동석하겠습니다."

"크흠……."

경찰은 대번에 불편한 얼굴이 되었다.

"자, 시작하세요."

"이름."

"……."

"아, 씨발! 이름 대라고!"

순간 욱해서 소리를 지르던 경찰은 아차 싶은지 노형진을 바라보았다.

"자자, 진정하고."

노형진은 일단 서세영을 진정시켰다.

"지금 상황에서 더 이상 말하고 싶지 않니?"

"네……."

"들으셨지요? 지금부터 묵비권을 행사하겠습니다."

"이런 쌰앙……."

"쌰앙?"

"……."

그는 계속 실수하고 있었다. 하긴 변호사가 동석한 상태에서 조사해 본 적이 없었을 것이다. 이런 곳까지 변호사가 오는 일은 흔하지 않으니까.

'그리고 애초에 변호사가 동석할 권리가 있다는 것도 알려 주지 않았겠지.'

노형진은 그런 그를 보면서 이를 빠드득 갈았다.

"한 번만 더 그러면 상부에 보고하고 수사관 교체 신청을 하겠습니다."

그 경찰은 오만상을 찌푸리기 시작했다.

⚖

"하아."

결국 스물네 시간 동안 아무런 말도 하지 않아 바깥으로 나온 노형진과 서세영. 법적으로 긴급체포 가능 시간이 스물네 시간이라 구속영장이 없는 상황에서는 더 이상 잡아 둘 수가 없기 때문이다.

노형진은 그런 서세영을 진정시키고서야 사건 전반에 대해 이야기를 들을 수 있었는데, 참 곤란한 사건이었다.

"진짜니?"

"네…… 흑흑흑."

일단 차로 사람을 밀어 버린 건 사실이다. 그런데 누굴 죽이거나 미워서가 아니라 도망치려고 하다가 그랬다고 한다.

'돌겠네.'

그녀의 말에 따르면 모르는 남자들이 갑자기 자신을 강제로 태워서 산으로 끌고 갔다고 한다.

그 상황에서 여자로서 무슨 일이 벌어질지 직감적으로 알아챈 서세영은 자신의 위에 타고 있던 남자 중 한 명을 사력을 다해서 물어뜯었고 남자가 비명을 지르면서 나뒹굴자 그곳에서 벗어나기 위해 차로 달려들었다.

다행히 급하게 그녀를 끌어내느라고 시동을 끄지 않은 상태였기 때문에 그녀는 일단 되는 대로 밟았는데 그 순간 남자가 차 앞으로 뛰어들었다는 것이다.

'망할. 이거 정당방위잖아?'

이건 누가 봐도 정당방위다. 문제는 우리나라는 정당방위를 인정하지 않는다는 것.

'지난번에도 생난리를 쳤는데.'

노형진은 지난번에도 한번 정당방위를 한 적이 있는데 그때는 어떻게 운 좋게 이겼다. 범인이 약을 잘못 먹어서 죽은 걸 입증했기 때문이다. 그래서 그건 일단은 정당방위까지는 아니었다. 하지만 이건 빼도 박도 못하고 정당방위다. 우리

나라 법원에서 가장 인정하지 않는다는 그것.

"세영아!"

서세영이 나오자 다가오는 이장.

"고맙네. 덕분에 세영이가 안전하게 나왔어."

"아닙니다."

아마도 노형진이 동석하지 않았다면 분면 온갖 독박을 다 썼을 것이다.

"일단 난 애를 데리고 할머니한테 가야겠네."

"네? 할머니요? 할머니가 어디 안 좋으세요?"

얼굴이 파랗게 질리는 서세영.

"네 이야기를 듣고 쓰러지셨다. 어서 가자. 지금 병원에 계시다."

"헉!"

"자, 가자꾸나."

휘청거리면서 이장의 도움을 받아 차에 타는 서세영을 보는 노형진은 입맛이 쓸 수밖에 없었다.

"노 변호사님."

"네?"

"손님이 오셨는데요?"

"손님이?"

며칠 뒤 노형진은 일하다가 고개를 갸웃했다. 약속된 손님이 없었기 때문이다.

"의뢰하고 싶으시다는데요?"

"그건 접수처에서 하는 거 아닌가요?"

"그게…… 개인적으로 노 변호사님이랑 아는 사이시라고."

"네?"

노형진은 고개를 갸웃했지만 다음 순간 들어온 사람을 보고 깜짝 놀랐다.

"아버지?"

"여기가 사무실이냐? 좋구나."

노형진의 아버지인 노문성이었다. 그는 천연덕스럽게 와서는 의자를 빼고 자리에 앉았다.

"여기는 어쩐 일이세요?"

아버지는 사회생활 하는 아들한테 부담 주는 거 아니라면서 개인 사무실을 냈을 때도 오지 않았던 분이다. 그런데 갑자기 찾아오다니? 더군다나 의뢰라니?

"뭐, 잘나가는 변호사 아들을 둔 특혜를 좀 써먹으려고 말이다."

"특혜요?"

"그래."

"아니, 무슨 특혜요?"

"여기는 원래 사건이 랜덤하게 배치된다며?"

"그렇기는 하죠."

"근데 난 이번에 네가 좀 해 줬으면 해서."

"그러면 전화하셔도 되는데."

"내 사건이 아니라서."

"네?"

노형진은 고개를 갸웃하다가 일단 아버지에게 주스를 한 잔 꺼내 드리고는 맞은편에 앉았다. 사정을 들어 봐야 알 수 있었기 때문이다. 그런데 사정은 생각보다 더 어이가 없었다.

"너, 지난번에 세영이 기억하지?"

"그 소녀 가장 아이요?"

"그래."

"네."

"그 애, 구속되었다."

"네?"

노형진은 기가 막혀서 말이 나오지 않았다.

기본적으로 구속이라는 것은 처벌이 아니다. 상대방이 도주나 증거 조작의 위험이 있는 강력 범죄를 저질렀을 때 하는 것이다.

하지만 서세영은 도주할 수 있는 여건도, 증거를 조작할 상황도 아니었다. 그런데 구속이라니?

"어저께 경찰들이 와서 잡아갔다."

"그 사건을 저한테 맡기고 싶으신 거예요?"

"그래."

그날 같이 있어 주기는 했지만 정식으로 수임한 것은 아니다. 하지만 노문성은 아들인 노형진에게 사건을 맡기기로 한 것이다.

"어차피 의뢰비는 내가 낼 거다. 그걸 낼 수 있는 아이가 아니니까."

"음······."

노형진은 심각한 얼굴로 생각에 잠겼다.

'구속이라.'

이 사건은 일반적으로 구속될 수 있는 사건이 아니다. 묵비권을 행사하기는 했지만 그게 구속의 사유가 될 수는 없다. 더군다나 변호사가 동석한 상황에서 한 묵비권 행사다.

'뭔가 있어······.'

노형진은 직감적으로 뭔가 있다는 사실을 알아차렸다. 그러고는 고개를 끄덕거렸다.

"그 사건, 제가 하겠습니다."

노형진은 마음을 굳혔다.

⚖

"서세영 사건에 대한 기록입니다."

정식으로 사건을 받은 노형진이 가장 먼저 한 것은 고문학을 통해 사건에 대해 알아보는 것이었다.

아버지를 비롯한 동네 사람들이 알아보려 했지만 경찰은 당사자가 아니라는 이유로 어떠한 정보도 주지 않았고 가족인 할머니는 병원에 입원해 있다 보니 어떻게 할 수가 없었던 것이다.

결국 서세영 혼자만 차가운 구치소에 홀로 남아 있는 상황.

"다발성 골절이라."

쉽게 말해서 차에 뛰어들었던 녀석이 여기저기 부러졌다는 뜻이다.

"전치 14주입니다."

"큰 부상이기는 하군요."

"그렇지요."

"하지만 구속의 사유로는 좀 이상하군요."

물론 일반적으로 이렇게 크게 다치면 구속 수사를 하기는 한다. 하지만 이 사건의 경우 명백하게 남자들이 먼저 강간을 시도한 흔적이 있다. 그런데 피해자를 구속하다니?

"그게…… 상대방이 좋지 않았습니다."

"좋지 않다니?"

"다음 페이지에 있습니다."

"다음 페이지?"

노형진은 고개를 갸웃하면서 페이지를 넘기고는 자신도

모르게 고개를 푹 숙였다. 그리고 저도 모르게 욕을 했다.

"썅."

다발성 골절의 피해자인 유장선의 아버지 직업이 대검찰청 중수부 부장이었던 것이다.

'김성식 변호사님의 아들일 리는 없고.'

애초에 성도, 나이도 다르다. 더군다나 그는 전 중수부장이다. 그렇다면 남은 건 한 가지뿐.

"신임 중수부장 아들이군요."

"네."

"아, 돌겠네."

노형진은 자신도 모르게 의자에 기대어 한숨을 쉬었다.

대검찰청 중수부장의 파워는 엄청나다. 김성식이 그 자리에 있을 때 그 강력한 파워로 여러 번 도움을 받았다. 진짜로 그 자리에서 한마디 하면 어지간한 문제들은 쉽게 해결되는 편이었다. 그렇기 때문에 그 자리의 파워를 누구보다 가장 잘 알고 있는 사람이 노형진이었다.

'그리고 이제는 그 대단한 파워가 적이 되었단 말이지.'

노형진으로서는 암담한 상황이었다.

"이건…… 회의해 봐야겠군요."

혼자서 해결할 수 있는 문제가 아니었기에 노형진은 심각하게 말을 꺼냈다.

"사람을 모아 주세요. 바로 회의를 해야겠습니다."

"유창렬에 대해서 아십니까?"

"신임 중수부장 말인가?"

"네."

노형진의 말에 김성식은 간단하게 대답했다. 두 손을 비비면서 입으로 소리를 낸 것이다.

"딸랑딸랑."

"네?"

"능력 없이 로비와 아부로 올라간 녀석이지. 당연히 그다지 중립적인 녀석도 아니야. 철저하게 권력 지향적이지."

"그렇군요."

"왜 그러나?"

"그게…… 사실은……."

노형진이 사건에 대해 이야기하자 사람들은 다들 한숨을 쉬었다.

"새로운 권력이 들어서자마자 충돌하는군."

"그러네요."

그렇다면 모든 것이 이해된다. 극단적으로 피해자에게 적대적이었던 경찰과 그럴 만한 사항이 아닌데도 불구하고 진행된 구속 수사까지 모든 것이 다 말이다.

"도대체 왜 그 녀석이 강간 미수가 된 겁니까?"

"그게 말이죠."

진술서상으로는 친구들과 늦은 여름휴가를 갔다가 술을 마시고 실수했다고 한다. 그걸 실수로 볼 수 있는지에 대한 의문이 있지만 말이다.

"그럼 강간으로 고소를 넣어 보지 그러나?"

"넣었답니다."

아무리 사람들이 법에 대해 몰라도 그 정도 상식은 있었다. 그래서 당연히 그들을 강간 미수로 고소를 넣었다고 한다.

"그런데 그저께 판결이 나왔답니다."

"벌써?"

"네, 주취로 인한 그러니까 술을 먹고 취해서 정상적인 판단을 할 수 없는 심신상실이란 이유로 집행유예가 나왔습니다."

"이런 미친!"

남상주 변호사는 얼굴을 찌푸렸다.

그럴 수밖에 없는 게 이 상황대로 가면 가해자인 유장선은 처벌받지 않고 피해자인 서세영은 처벌받는 황당한 사태가 벌어지기 때문이다.

"우리나라 법체계 아시잖습니까?"

"끄응……."

실제로 우리나라에서는 술을 마시고 사고를 치면 심신상실을 이유로 형을 감경해 주는 경우가 많다. 그런데 이 사건의 경우, 강간이 아닌 강간 미수다 보니 아예 집행유예 같은 가벼운 처벌이 나온 것이다.

"하지만 서세영 양은 그게 아니겠지요."

다른 사람도 아닌 중수부장의 아들을 전치 14주가 나오게 했으니 엄청난 보복을 받을 게 뻔하다.

"기가 막히는군."

"원래 그렇잖습니까?"

사람들은 잘 모르지만 법을 보다 보면 허점투성이다. 심지어 가해자보다 피해자가 더 많은 보복을 당하도록 법이 만들어져 있는 경우도 있다.

'그러고 보니.'

노형진의 기억에 따르면 이번 중수부장은 얼마 가지 못해서 경질된다. 뇌물 수수와 권력 남용 등의 혐의로 말이다.

애초에 딸랑거리는 힘으로 얻은 자리다 보니 그 자리를 어떻게 지켜야 하는지 몰랐던 것이다.

'아, 조금만 있으면 되는데.'

그 짧은 기간에 이렇게 부딪칠 거라고는 생각도 못 했다.

'후환은 없겠지만.'

어차피 몇 개월 내에 날아갈 파리 목숨이니 후환은 없을 것이다. 문제는 지금은 그가 아주 강력한 권력을 쥐고 있다는 것.

"일단은…… 사건을 처음부터 다시 시작해야겠습니다."

"어떻게 말인가?"

"강간 사건부터 시작하죠."

아무래도 모든 사건의 원인부터 파고드는 것이 정석이다.

"이번에는 손 변호사와 함께하는 게 좋겠네요."

"그렇게 하게."

아무래도 이런 사건의 피해자가 여성이니 여성과 함께 움직이는 편이 피해자가 편할 것이다.

"일단은 빨리 움직이는 게 좋겠습니다."

권력자들과 관련된 사건의 공통점은 그 사건이 무서울 정도로 빨리 진행된다는 것이다. 그것은 그만큼 피해자를 구해줄 수 있는 시간이 부족하다는 뜻이기도 했다.

⚖️

"이 사람들 아십니까?"

"몰라요."

일단 노형진은 그들에 대해 조사하기 시작했다.

"역시 술을 사 가지고 온 걸까요?"

손예은 변호사는 무표정한 얼굴로 문밖을 바라보았다. 늦은 여름의 마지막 더위가 기승을 부리는 바깥에는 아지랑이가 피어오르고 있었다.

"그런 것 같군요."

저들의 주장은 간단하다. 술을 마시고 실수했다는 것.

그리고 그걸 이유로 저들은 처벌을 면했다. 심신상실이라는 변명이 먹혀 버린 것이다.

"참 웃긴 일이지요."

"뭐가요?"

"술을 마시고 심신상실이 된 건지 알 게 뭡니까."

"하긴 그렇지요."

전 세계에서 술 마셨다고 봐주는 나라는 대한민국뿐이다. 다른 나라들은 술을 마시고 범죄를 저지르면 가중처벌을 한다. 오로지 한국만 심신상실이란 이유로 선처한다.

"문제는 그게 너무 뻔하다는 거죠."

그러다 보니 무슨 범죄를 저지를 때 미리 술을 마시는 사람도 있고 심지어 나중에 잡혀서는 술을 마셨다고 심신상실을 주장하는 것도 아주 흔한 일이 되었다.

'범죄를 저지르려고 술을 마셨는지, 술을 마시고 실수한 건지 알 게 뭐냐.'

실제로도 수많은 강간범들이 용기를 내거나 나중에 죄를 면탈할 목적으로 술을 마시고 강간을 시도한다.

"일단은 술은 그 두 명이 가지고 온 모양입니다."

노형진은 주변의 마트나 가게 사람들에게 사진을 보여 주면서 물어봤지만 그들은 아무것도 기억하지 못했다.

심지어 몇 군데에서는 적극적으로 내부 카메라까지 찾아봤지만 보이지 않았다.

"아무래도 실수일 가능성은 없어 보입니다. 계획적으로 온 것 같군요."

"어째서죠? 술을 마시고 실수했다는 것과 여기서 술을 산다는 것은 전혀 다른 문제 아닌가요?"

노형진은 피식 웃었다. 일견 아예 관계가 없어 보인다.

"손예은 변호사님."

"네."

"이 세상에 주변과 관계가 없는 건 없습니다."

"무슨 말씀이신지?"

"손 변호사님이 봤을 때 여기는 뭐가 있나요?"

주변을 쭈욱 둘러보는 손예은 변호사. 하지만 보이는 것이라고는 산과 밭 그리고 논뿐이다. 노형진의 아버지가 여기로 온 것도 조용한 곳에서 살고 싶다는 이유에서였다. 그만큼 이쪽은 번잡한 것과는 거리가 멀었다.

"아무것도 없네요."

"그렇지요."

"그런데 그게 계획범죄와 무슨 관계가 있다는 거죠?"

"아무것도 없으니까요."

"네?"

손예은은 이해하지 못했다. 도대체 그것과 계획범죄가 무슨 관계가 있단 말인가?

"간단합니다. 남자 두 명이 바다도, 계곡도, 산도 아닌 아무엇도 없는 곳에 놀러 온다. 그것도 진탕 취할 만큼 술을 마시러? 그럴 리 없죠. 그런 경우는 보통 헌팅을 위해 바다나 수영장에 가지, 아무것도 없는 이곳에 올 리 없습니다. 애초에 이쪽 동네에는 모텔은커녕 민박하는 곳도 없습니다. 이런 곳에 올 이유가 없지요."

"아!"

그제야 손예은은 그게 이상하다는 걸 알아차렸다.

그들은 놀러 왔다가 술을 마시고 실수했다고 하는데 생각해 보면 여기에는 놀 게 아무것도 없다. 심지어 적당하게 돗자리를 깔고 술을 마실 공간조차도 없다.

"그렇군요."

남자 두 명이 그런 곳에 놀러 간다? 무슨 무전여행이나 국토 대장정도 아니고?

'그 둘이 게이가 아닌 이상에야.'

그럴 리 없다.

"즉, 그들이 여기에 왔다는 것 자체가 계획범죄입니다. 그리고 설사 어쩌다 왔다 하더라도 반대로 말하면 무계획적으로 왔다는 것인데, 이 주변에 술을 구할 수 있는 곳은 한정되어 있습니다."

시골이다 보니 아무래도 술을 파는 가게가 얼마 되지 않는다. 그런데 그곳에서 그들을 기억하는 사람은 아무도 없었다.

"이곳은 외지인이 드물지요. 당연히 외지인이 들어와서

술을 사 가면 기억합니다. 하지만 아무도 기억하지 못했습니다. 즉, 온 적이 없다는 거죠."

"……."

"그건 한 가지 결과로 귀결됩니다. 술을 가지고 왔거나 아예 술을 마시지 않았거나."

"하지만 외부에서 마시고 올 수도 있지 않나요?"

"그렇지요. 하지만 여기서 술을 먹을 만한 공간은 차로 30분 거리에 있는 읍내뿐입니다. 그곳은 그들의 취향이 아니죠. 그리고 말입니다, 여기로 들어오는 길은 생각보다 험한 편입니다."

노형진은 아버지가 여기에 살고 있어 잘 알고 있었다. 포장된 도로가 있기는 하지만 시골이다 보니 제대로 된 가로등도 없을뿐더러 그나마도 무척 이리저리 구부러져 있다.

"즉, 사람에 대해서 순간적인 성욕을 참지 못할 정도로 취한 상태였다면 그 상태에서 운전하는 건 불가능합니다."

"아……."

범죄가 일어난 시간은 대략 10시경. 해가 떨어지고 주변이 컴컴한 시간이었다. 그 시간에 술에 취해 운전해서 이 안으로 들어온다?

'그럴 리가.'

즉, 그들은 서혜영을 노리고 들어왔다는 뜻이 된다.

'문제는 접점이 어디냐는 건데.'

사람들은 성범죄가 모르는 사람에게서 일어나는 경우가 많다고 생각하지만 실제로는 아는 사람, 최소한 어디서 본 사람에게서 일어난다. 지나가다가 '아, 저 여자 강간해야지.' 하고 생각하는 게 아니라 표적을 정하고 호시탐탐 기회를 노리는 편이니까.

　"하지만 그렇다고 해도 분명 이 기록에 따르면 그들한테서 심한 술 냄새가 난다고 했는데요?"

　손예은은 노형진이 놓친 부분을 확인하려는 듯 손에 넣은 사건 기록을 확인했다.

　"분명 그들은 응급실로 들어올 때 심한 술 냄새가 났다고 되어 있어요."

　"네, 맞습니다."

　"그럼 술을 마신 거 아닌가요?"

　"말씀드렸다시피 여기는 술을 마시고 운전할 수 있는 곳이 아닙니다."

　"하지만 그럼 술 냄새가 났다는 병원 측 증언과 충돌합니다."

　병원 측에서 거짓말할 리 없다. 술 냄새가 나니까 난다고 이야기했을 것이다. 심지어 그들을 데려간 구급대원들도 동일한 증언을 했다.

　"한 가지 가능성이 있지요."

　"어떤 가능성요?"

　"술을 마시지는 않았지만 술 냄새가 나는 가능성."

"그런 게 가능할 리 없지 않습니까?"

"가능하지요. 가령 옷에다가 술을 뿌린다거나 하면 말입니다."

손예은은 입을 다물었다. 확실히 그렇게 하면 술 냄새가 진동한다. 그리고 노형진의 말대로 운전도 가능하다. 그러나 그건 한 가지 조건이 성립해야 가능하다.

"계획범죄라는 뜻이군요."

"네."

치밀하게 준비하고 만일에 대비해서 술까지 옷에 뿌렸다. 이것 빼도 박도 못하는 계획범죄다.

'하긴 아버지가 대검찰청 중수부장이니.'

술을 마시고 사고를 치면 감경된다는 것을 모를 리 없다. 더군다나 가해자인 유장선은 법대생이다.

"그걸 확인하러 온 겁니다."

어찌 되었건 여기서 술을 사 마셨다면 실수일 수도 있다. 그러나 술을 사 마신 게 아니라면 이건 계획범죄일 수밖에 없다.

"이제 남은 건 하나네요. 과연 접점이 어디인가."

두 번째 문제가 그들의 앞을 가로막고 있었다.

⚖️

"서세영 양, 그러면 그 둘에 대해 기억나는 게 전혀 없단 말인가요?"

"네."

차가운 구치소의 면회실에서 노형진은 서세영을 만나서 사건에 관련된 이야기를 듣고 있었다.

"네, 전혀 없어요. 전 그런 사람들을 만날 이유도 없었는걸요."

'하긴.'

시골에 사는 가난한 소녀 가장과 서울에 사는 권력자의 자식이 접점이라 할 만한 게 있을 리 없다.

"서울에 간 적은 있나요?"

"아니요."

"그럼 자원봉사자들과 엮인 적은?"

"가끔은 있었지만 저 사람들은 본 적이 없어요."

하긴 그렇다. 서울에서 자원봉사를 가려면 사람이 많은 보육원이나 장애인 시설로 가지, 소녀 가장에게 가지는 않을 테니까.

'이거야 원…… 어디서 접점이 있을 텐데?'

노형진은 얼굴을 찡그리면서 속으로 투덜거렸다.

노형진의 경험상 분명 어디선가 접점이 있을 것이다. 아니, 있어야 한다. 그런데 그 접점이라는 것을 도무지 찾을 수가 없었다.

'그냥 진짜로 지나가다가 저 애를 강간하자 그런 건가? 아

니, 그럴 거면 시내에서 했겠지.'

서세영이 예쁘긴 하지만 그걸 접점도 없는 상황에서 알 수 있을 리 없다.

'완전히 막혔다.'

노형진이 끙끙거리면서 머리를 부여잡는 그때였다.

"형진아?"

뒤에서 들리는 목소리에 고개를 돌려 보니 거기에는 노형진의 아버지가 있었다.

"아버지? 여기는 어쩐 일이세요?"

노형지는 고개를 갸웃했다.

'면회 오신 건가? 하지만 변호인 접견 중에 면회가 될 리 없는데?'

고개를 갸웃하는 노형진.

"후우."

노문성은 그런 노형진을 보다가 서세영에게 다가갔다.

"세영아, 괜찮니?"

"네, 변호사님이 많이 도와주고 계셔서요. 그나저나 변호사님이 노 아저씨 아들이었어요? 몰랐네요."

"하하하, 뭐, 못난 아들이지."

"아버지, 제가 못난 아들이면 우리나라 아들 대부분은 자살해야 할 겁니다."

"하하하."

그런데 그렇게 웃는 노문성의 얼굴은 절대로 웃는 게 아니었다. 웃는 소리만 낼 뿐, 얼굴은 뭐라고 해야 할지 모른다는 느낌이 강했다.

'뭔가 잘못되었다.'

그걸 보고 노형진은 직감적으로 불안감이 느껴지기 시작했다.

"그런데 어쩐 일로 오신 거예요?"

하지만 그렇다고 모른 척할 수는 없는 법. 노형진은 아버지에게 물어볼 수밖에 없었다.

노문성은 마음을 독하게 먹은 듯 침을 꿀꺽 삼켰다. 그리고는 서세영의 양쪽 어깨를 잡았다.

"세영아……."

"네?"

"이런 말을 하게 되어서 미안하다."

"무슨 말씀이신지?"

"방금…… 병원에서 연락이 왔는데…….."

노형진도, 서세영도 얼굴이 새파랗게 변했다. 그들이 예상할 수 있는 사항은 한 가지뿐이었기 때문이다.

"할머니가…… 돌아가셨다."

그리고 다음 순간 서세영은 눈을 감은 채로 무너져 내렸다.

범죄는 발전한다

"할머니…… 흑흑흑."

병원의 장례식장. 그 안은 침묵만이 흐르고 있었다. 할머니의 영정 앞에서 눈물을 흘리는 서세영. 그리고 아무런 말도 못 하는 동네 사람들.

"후우."

노형진은 바로 구속 집행정지를 신청하고 세영을 데리고 나왔다. 그 후에 바로 장례 절차에 들어갔다.

'법적으로 도울 수 있는 것은 이것뿐인데.'

서세영의 할머니가 돌아가신 이유는 너무나도 명확했다. 연이어 터지는 사건으로 충격받으신 것이다.

"망할 놈들."

노문성은 그걸 보면서 분노를 감추지 못했다. 자식 앞에서는 언제나 말조심하는 그답지 않은 모습이었다.

"이제는 어떻게 되는 거냐?"

"글쎄요……."

노형진은 참으로 침울한 얼굴이 되었다.

"솔직히 모르겠습니다. 강간이 계획적으로 벌어진 건 알겠는데 어디에서 접점이 생긴 건지."

그걸 증명하지 못하면 저들에게 형사처벌을 요구할 수가 없다. 형사처벌을 할 수가 없다면 당연히 이쪽은 정당방어를 요구할 수가 없다.

"더군다나 주변에서 들어오는 압력이 장난 아니에요."

"그러냐?"

"네."

새론으로 벌써 몇 번이나 전화가 왔는지 모른다. 판사부터 경찰청장, 심지어 국회의원까지 하나같이 유장선이 그럴 애가 아니라는 식으로 이야기했다.

'과연 그 인간들이 유장선이 누군지 알까?'

알 리 없다. 그들이 말하는 건 한 가지다. 손 떼라는 것.

"그럼…… 저 아이는 저대로 당하고만 살아야 한다는 거냐?"

"후우……."

"마음 같아서는 그 녀석들을 살인죄로 넣고 싶구나."

"저도 그래요. 하지만 그렇다고 해도 이런 경우는 살인죄가 안 돼요."

분명 서 씨 할머니가 돌아가신 이유는 유장선과 그 친구의 범죄 행위와 실패에 대한 보복 행위 때문이다. 그럼에도 불구하고 현행법상 그들을 처벌할 수 있는 방법은 없었다. 그들이 직접적으로 죽이거나 죽도록 손쓴 게 아니니까.

"이럴 때는 제가 왜 변호사를 하나 싶네요."

노형진으로서는 갑갑한 순간이었다.

"일단 전 가 볼게요. 아버지가 잘 다독거려 주세요."

"그게 가능하겠느냐?"

평생을 함께 살아온 할머니가 죽었다. 그런데 과연 안정이 될까? 더군다나 서세영은 삼일장이 끝나면 다시 구치소로 돌아가야 한다. 당연히 안정될 리 없다.

"그래도 제가 해 줄 게 없어서요."

그는 서세영을 잘 알지 못한다. 그러니 아무리 위로해도 그녀에게는 닿지 않을 것이다.

"차라리 가서 일을 해결하는 게 더 나은 선택인 것 같네요."

"그러려무나."

아버지 역시 그렇게 생각한 건지 고개를 끄덕거렸고 노형진은 장례식장 바깥으로 나왔다. 거기에는 어느 틈엔가 손예은 변호사가 서 있었다. 안 그런 척하고 있었지만 이미 눈은 붉어질 대로 붉어져 있었다.

"이건 살인이나 마찬가지예요."

"그렇지요."

살인이나 마찬가지다. 그들이 아니었다면 서 씨 할머니가 돌아가실 이유는 없다. 물론 연세가 있으니 언제 가셔도 이상할 게 없기는 하지만 행복하게 죽음을 맞이하는 것과 충격으로 쓰러져서 죽는 것은 전혀 다른 일이었다.

"하지만…… 때로는 법으로 안 되는 것도 있지요."

노형진은 답답한 시선으로 하늘을 바라볼 뿐이었다.

"망할!"

사흘이 지나고 나흘째가 되었다. 장례가 끝나자마자 경찰은 기다렸다는 듯이 서세영을 구치소로 끌고 갔다. 서세영은 포기한 듯 절망에 빠진 얼굴이었다.

"망할 놈들!"

노형진은 이를 빠드득 갈았다.

"아직도인가?"

김성식은 초췌해진 노형진을 보면서 혀를 끌끌 찼다.

"네…… 도무지 접점이 없어요."

모든 사항은 한 가지를 이야기하고 있다. 이 사건은 계획적인 범죄이다. 그런데 딱 하나 마지막 한 조각이 부족했다. 바로 어디서 유장선이 서세영을 만났느냐는 것.

"다른 녀석은 어때?"

"그 녀석도 꽝입니다."

유장선과 함께 있던 녀석은 그냥 시다바리 같은 녀석이었다. 시키면 시키는 대로 하는 바보 말이다. 그 녀석이 범죄를 준비할 녀석이 아니다.

"이번 사건의 주범은 유장선입니다. 그런데 그 마지막 접점을 못 찾겠어요."

"아무것도?"

"네, 아무것도요."

유장선과 서세영의 동선은 아예 터무니없을 정도로 멀다. 혹시나 하는 생각에 작은 접점 하나라도 찾아보려고 했지만 도무지 나오는 것이 없었다.

"진짜…… 우연일지도."

"진짜 우연일지도?"

"네…… 그냥 '누구 하나 걸리겠지.'라는 생각으로 거기에 갔을지도 모르죠."

"노 변호사, 진짜 그럴 거라 생각해? 제정신인가?"

"그렇지요? 후우."

그럴 리 없다. '누구 하나 걸리겠지.'라고 생각했다면 차라리 다른 곳에 갔을 것이다. 여자들이 어느 정도 있는 곳 말이다. 홍대나 여대 근처 같은 곳. 하다못해 여고도 있다. 그런데 마치 노렸다는 듯 그곳으로 향했다. 그 주변에 여학생이라고는 그 애 하나밖에 없는데 말이다.

"망할……."

노형진은 자신도 모르게 머리를 부여잡고 신음 소리를 냈다. 그가 임해서 해결되지 않는 사태는 처음이었다.

"마지막 카드…… 그게 있을 텐데……."

"자네 경험 중에도 이런 경우가 없나?"

"없습니다. 김 변호사님도 없으신가요?"

"없지. 솔직히 난감하다네. 이렇게 접점이 없는 강간 사건은 흔치 않은데 말이야."

"그렇게 말입니다."

노형진은 의자에 기대 멍하니 천장을 바라보았다.

"머리 좀 식히게나. 자네 꼴이 말이 아니네."

"네……."

노형진은 힘겹게 일어나서 화장실로 비척비척 움직였다.

"아아…… 진짜 말이 아니네."

지난 며칠간 이를 바득바득 갈면서 두 사람의 동선을 비교했다. 하지만 그 동선은 전혀 일치하지 않았다. 비슷하기는커녕 지역 자체가 아예 달랐다. 한쪽은 서울인데 한쪽은 시골이니까.

"후우."

노형진은 세수하면서 정신을 차리려고 했다. 그러고는 다시 사무실로 들어오다가 우연히 한 직원의 모니터를 발견했다. 순간적으로 봤던 것이지만 그 덕분에 노형진의 머릿속에 스치고 지나가는 게 있었다.

"잠깐!"

무심결에 돌아가려던 노형진은 몸을 돌려서 그 직원에게 다가갔다.

"네? 네?"

그 직원은 당황하면서 노형진을 바라보았다. 하지만 노형진은 그 직원이 아닌 모니터를 바라보았다. 평소와 다를 바 없는 업무용 화면.

"방금 전에는 이 화면이 아닌 것 같았는데요?"

"에…… 아니에요. 일하고 있었어요."

여직원은 그렇게 말하면서도 애써 시선을 돌렸다. 켕기는 것이 있다는 뜻이었다.

"뭐라고 하는 거 아닙니다. 업무만 잘하면 잠깐 쉬는 것으로는 뭐라고 안 합니다."

"열심히 일하고 있었는데……."

"그러면 화면 전환해 봐요. 아까 보던 거."

"네?"

"아까 보던 거 말입니다. 뭐라고 하는 거 아닙니다. 지금 중요한 해결책의 정보가 나와서 그런 겁니다."

"정보요?"

"네, 빨리 화면 좀."

결국 여직원은 미안한 듯한 표정으로 화면을 전환시켰고 아래쪽에 깔려 있던 홈페이지가 나타났다.

"넛트월드."

노형진은 화면에 나타난 수많은 사진을 보면서 자신도 모르게 신음 소리를 냈다.

"에헤헤…… 언니가 이번에 조카를 낳아서요."

거기에 올라와 있는 수많은 사진들. 그 페이지는 하나같이 행복해 보이는 여자와 태어난 지 얼마 안 되어 보이는 아기의 사진으로 가득 차 있었다.

'그래…… 내가 왜 이걸 잊고 있었지?'

넛트월드를 본 노형진은 미국에 있을 때 일어났던 사건을 떠올렸다. 어떤 성범죄자가 그 당시 유행하던 마스크북이라는 SNS를 보고 그 안에서 자기 취향의 희생자를 찾아낸 다음, 전국을 돌아다니면서 강간하고 살해한 사건.

자신의 사진들을 공개하는 SNS는 그에 대한 정보가 많이 올라간다. 조금만 노력하면 사진 속에서 학교, 직장, 집, 동선 등을 파악하는 것은 일도 아니다. 사람들은 무심결에 자기 일상을 올리는데 대부분의 사람들은 비슷한 패턴의 삶을 살기 마련이니까.

"잡았다."

"네?"

여직원은 고개를 갸웃했지만 노형진의 눈에서는 불이 켜

지고 있었다. 마지막 조각이 뭉쳐진 것이다.

'바보 같은 놈.'

노형진은 자신이 실수했다는 사실을 알고 있었다.

자신이 투자한 회사 중에는 SNS 전문 기업들이 있다. 그럴 수밖에 없다. 그들은 미래에 엄청난 파워를 자랑하기 때문이다. 그런데 정작 사건에서는 SNS를 무시하다니.

'한국은 아직 마스크북이 서비스를 하지 않지만.'

하지만 그것과 비슷한 넛트월드가 있다. 노형진은 그게 마지막 퍼즐 조각이라는 사실을 직감적으로 느끼고 있었다.

⚖

"SNS요?"

"그래요. 서세영 학생, 혹시 SNS 하는 거 있나요?"

"SNS가 뭐죠?"

노형진은 아차 했다. 아직은 SNS라는 단어가 익숙하지 않을 때였다.

"넛트월드 같은 거요."

"저 넛트월드 해요."

'역시.'

이 시대에 넛트월드는 중고생들에게 선풍적인 인기를 끌고 있다. 한창 그런 것에 예민한 고 1이 그런 걸 안 할 리 없다.

"왜요?"

"혹시 거기에 사진 같은 거 올리나요?"

"네, 친구들끼리 공유하려고요."

"그곳을 좀 볼 수 있을까요?"

"네?"

"그거 말입니다. 계정을 알려 주세요, 확인할 게 있으니."

"네."

서세영은 바로 계정을 알려 줬고, 노형진은 돌아오자마자 컴퓨터로 넛트월드에 로그인해서 사진을 살펴보았다.

"역시……."

화면에 꽉 찬 여러 가지 사진들. 거기에는 서세영의 모습과 주변의 모습 그리고 일상이 그대로 담겨 있었다.

"이걸 보고 표적을 삼았다고 생각하시는 거예요?"

손예은 변호사는 이해할 수 없다는 표정이었다.

인터넷으로 표적을 고른다는 게 얼마나 어이없는 일인가?

하지만 조금만 생각해 보면 너무나 당연한 일이었다.

"생각해 보세요. 여기에는 그 사람의 인생이 다 들어갑니다. 외모, 근무처, 시간, 장소, 나이. 범죄자들에게 이건 완전히 차려진 밥상이나 마찬가지이죠."

"음……."

"특히 성범죄자들에게는 초호화 뷔페나 마찬가지입니다."

실제로 미래가 되면 SNS를 보고 여행을 간 것을 알고 집을 터는 녀석이 있을 정도로 SNS는 개인의 정보를 마구 뿌리는 통로였다.

'오죽하면 SNS가 인생 낭비 서비스라고 하는 사람도 있겠어?'

아직은 그런 폐해에 대해서 아는 사람이 없으니 당연히 사람들은 SNS에 관심을 주지 않을 것이었다.

"보세요."

사진을 보면 서세영의 얼굴과 도시의 이름, 학교의 이름, 교복까지 모든 정보가 다 나와 있었다.

"분명히 유장선은 이걸 보고 표적으로 삼았을 겁니다."

"생각지도 못했습니다. 이런 걸로 표적의 선택이 가능하다니."

"범죄는 발전합니다. 그리고 법은 그걸 못 따라가지요."

노형진은 씁쓸하게 말했다.

실제로도 진짜 전문 범죄자는 언제나 법보다 한 수 앞서서 범죄를 저지른다. 심지어 그들을 단죄할 법이 만들어지지 않은 것을 노리기도 한다.

"드디어 마지막 카드를 찾았습니다."

노형진은 사진을 보면서 미소를 지었다.

⚖️

"친애하는 재판장님, 피고인은 무력화된 피해자를 자동차로 밀어 버림으로써 결과적으로 전치 14주의 큰 부상을 입혔습니다. 피해자는 그 당시 완전히 취한 상태에서 거의 항거가 불가능한 상태였습니다."

검찰은 서세영이 마치 작심하고 차로 친 것처럼 주장하고 있었고 서세영은 그 말을 들으면서 절망적으로 고개를 숙이고 있었다.

'후우.'

노형진은 그런 서세영을 보면서 입안이 씁쓸했다. 할머니가 죽고 난 후 그녀는 모든 것을 포기한 듯 보였다.

그럴 수밖에 없다. 하나뿐인 가족이 죽어 자신은 고아다. 그런 그녀에게 무슨 희망이 있겠는가.

'그 문제는 나중에 생각하자.'

노형진은 고개를 흔들고는 바로 반론에 들어갔다.

"재판장님, 이 사건은 명백하게 정당방위로 봐야 합니다. 피의자는 그 당시 남자 두 명에게 성폭행을 당할 위기에 처해 있었고, 그 상황에서 차량 안으로 긴급피난을 한 것뿐입니다."

노형진의 말에 검사는 바로 선을 그으면서 노형진을 노려보았다.

"긴급피난까지는 인정합니다만 피고인은 차량을 몰아서 피해자에게 심각한 타격을 입혔습니다. 차량 안으로 들어가서 문을 잠그고 나면 누구도 자신에게 해를 끼치지 못하니다. 그런데 피고인은 그걸 알면서도 상해를 입힐 목적으로 차를 몰아서 피해자를 들이받았습니다."

'너 같으면 가만히 있겠냐?'

노형진은 검사를 노려보았다.

건장한 남자 두 명이 고작 고 1짜리 여자애를 강간하려고 시도하는데 '차로 도망가서 문을 잠그고 구조를 기다려야지.' 라고 차분히 생각하는 사람이 어디 있겠는가?

"엄밀하게 말하면 피고인이 피해자를 차로 들이받은 게 아니라 피고인이 도주하려고 하는 순간 피해자라 주장하는 강간범 중 한 명이 차량 앞으로 뛰어든 겁니다."

"피고인 측 변호사, 언어 선택 잘하세요. 강간은 이루어지지 않았습니다."

'이런 썅.'

노형진에게 경고하는 판사. 노형진은 직감적으로 그가 이미 저쪽으로 넘어가 있다는 사실을 알 수 있었다.

"실제 강간의 시도가 있는지 알 수는 없으나 설사 있다 하더라도 본 재판과는 다른 사건이니까 본 사건에 관해서는 피해자라고 명시하세요."

아예 피해자로 못을 박아 버리는 판사를 보면서 노형진은 한숨만 나올 뿐이었다.

'하긴 상대방이 중수부장이니 넘어가지 않는 게 이상한 거지.'

유창렬은 보복하기 위해 모든 인맥을 다 동원하고 있을 것이다. 그러니 판사도 자신들에게 적대적일 수밖에 없다.

"알겠습니다. 하여간 범죄를 시도하였던 피해자들이 차량 바깥에 있는 상황에서 어떤 여자가 차근차근 문을 잠그고 구조를 기다립니까?"

"재판장님. 해당 사건에 대한 확정은 되지 않았습니다."

검사의 태클. 그리고 판사의 호통.

"피고인 측 변호인! 아까부터 자꾸 표현을 흐리는데 해당 사건은 확정된 게 아니잖습니까?"

"알겠습니다. 그러면 범죄를 시도한 거라 추정하는 피해자들이 바깥에 기다린다는 것으로 하겠습니다."

말 하나 단어 하나까지 통제하려고 하는 두 사람을 보면서 노형진은 이를 박박 가는 것 말고는 방법이 없었다.

"재판장님, 그건 그 당시에 닥친 사람들만 알 수 있는 사항입니다. 그리고 애초에 달리는 차에 피해자가 뛰어들었다는 주장 역시 피고인 측의 일방적인 주장일 뿐입니다."

'망할 놈.'

검사는 어떻게든 서세영을 집어넣을 생각인 게 분명했다. 그렇지 않다면 이런 식으로 매도하지는 않을 것이다.

"피고인은 명백하게 차량을 이용해서 피해자를 밀어 버린 것입니다."

검사는 단정적으로 말했다. 아예 다른 가능성을 생각하지 않는 말투였다.

물론 노형진 역시 미리 준비하게 있기 때문에 그냥 당해 줄 생각은 없었다. 그는 뭔가를 꺼내서 단상 앞으로 나왔다.

"이건 뭡니까?"

"현장에 있던 흔적을 재구성한 그림입니다. 이 그림에는 그 당시의 현장의 장면이 나와 있습니다."

"그림?"

노형진은 그림이 그려진 스케치북을 넘겼다. 거기에는 간략하게 그려진 그림과 현장의 사진이 함께 들어 있었다.

"이 사진은 그 당시 촬영된 사진으로, 어떠한 이상도 없습니다. 그렇지요?"

"그렇습니다."

노형진이 묻지 검사는 고개를 끄덕거렸다.

"재판장님, 이 사진을 봐 주십시오. 이 사진에 따르면 피고인과 피해자들이 있던 자리는 이곳입니다. 피고인 역시 동일한 증언을 했으며, 이 자리에 있는 풀들이 뭉개진 상태로 있는 것이 그 증거입니다."

노형진은 그들의 그림에 펜으로 일정 부분에 동그라미를 그리고 거기에서 빗금으로 표시를 넣었다.

"이 자리에서 강간 미수 사건이 벌어졌고 피고인은 저항하기 위해서 피해자 한 명을 물어뜯고 자리에서 일어났습니다."

그러고는 사진과 비교하면서 자동차를 그려 넣었다.

"그 장소는 차량으로부터 대략 10미터 정도 떨어진 후방입니다."

"그래서요?"

"검사의 주장대로라면 피고인은 피해자를 차로 치기 위해서는 차량을 거꾸로 돌려서 쳐야 합니다. 하지만 이 사진은 그 당시 해당 사건 발생 지역을 찍었던 사진입니다. 이 사진에 따르면 차량은 현장에는 차량이 들어올 때 생긴 흔적과 나갈 때 생긴 흔적뿐입니다. 특히 나갈 때의 흔적은 오로지 직전으로만 되어 있습니다. 즉, 애초에 차를 돌린 적이 없다는 뜻입니다."

검사는 당황했다. 자신들에게는 그 사진이 없었기 때문이다.

"재판장님, 저희가 갔을 때는 아무런 흔적도 없었습니다. 이건 조작임이 분명합니다."

'조작 같은 소리하고 자빠졌네.'

당연히 있을 리 없다. 애초에 조사할 생각이 없었으니까.

"검사 측에게 묻겠습니다. 사건 발생 후 얼마나 있다가 그곳에 갔지요?"

"그게 중요한 거요?"

"당연히 중요한 거 아닙니까? 사건이 발생하면 당연히 증거의 오염과 변질을 막기 위해 해당 지역에 사람을 보내서 증거를 수집하는 게 기본 아닌가요?"

"……."

"그래서 얼마 있다가 갔습니까?"

"사흘 있다가 갔습니다. 다른 사건들을 처리할 게 많아서 말이지요."

노형진은 코웃음이 나왔다.

"아실지 모르지만 전 사건이 벌어진 바로 다음 날 새벽에 가서 찍었습니다. 우연히도 본인이 근처 현장에 있어서 그곳에서 피의자의 경찰 조사에 동석했기 때문입니다."

"어?"

그걸 모르고 있던 검사는 당황했다. 더군다나 증거까지 가지고 있을 거라고는 더더욱 생각하지 못했다.

"보십시오. 이 사진에 따르면 어떠한 돌진 증후도 보이지 않습니다. 오로지 흔적은 이 두 가지뿐입니다."

"하지만 저희가 갔을 때는 그런 흔적이 없었습니다. 저건 조작입니다."

검사는 애써 조작이라고 주장했지만 노형진이 그런 말도 안 되는 주장에 넘어가 줄 리 없었다.

"검사는 아무래도 제대로 농촌에서 생활해 본 적이 없나 봅니다."

"뭐라고요?"

"그리고 병역은 미필일 테고요?"

"재판장님, 피고인은 지금 검사에게 개인적인 모욕을 하고 있습니다."

"인정합니다. 피고인 측, 개인적인 공격은 그만두세요."

노형진은 고개를 흔들었다.

"재판장님, 제가 하는 것은 개인적인 인신공격이 아닌 상식에 관한 문제입니다. 이곳은 노지입니다. 아무것도 없는 땅이지요. 그런 곳에 자라는 것은 잡초입니다. 검사는 그런 잡초의 성장 속도를 너무 만만하게 보시는 것 같습니다."

"성장 속도?"

"이 사진은 사흘 후 저희가 동일한 장소에서 찍은 것입니다. 단 사흘 만에 해당 잡초들이 모조리 그대로 자라났습니다. 늦여름의 잡초의 성장 속도는 상상 이상입니다."

상식적으로 군대에만 갔다 와도 치를 떠는 것이 잡초 제거다. 군대에서는 잡초 제거를 할 때 자르는 게 아니라 뽑는다. 잘라 봐야 순식간에 자라나기 때문이다.

잘라도 일주일이면 똑같이 자라는 게 잡초다. 하물며 자른 것도 아니고 단순히 눌려서 쓰러진 잡초가 사흘간 그냥 있을 리 없다.

"그런데 왜 사흘 만에 가신 겁니까? 상식이 있는 사람이라면, 아니 정상적인 수사라면 바로 갔어야 하는 거 아닌가요?"

"크흠……."

검사는 입을 다물었다. 왜 늦게 갔는지 말할 수가 없었던 탓이다.

'뻔하지, 뭐.'

아마도 증거가 다 사라지기를 기다렸을 것이다. 다행히 노형진이 발 빠르게 움직여서 증거가 남을 수밖에 없었지만.

"보다시피 이 풀이 쓰러진 방향대로라면 차량은 단 두 번 움직였습니다, 들어올 때와 나올 때. 둘 다 직선으로 움직였고 방향을 돌린 흔적은 없습니다. 검찰 측의 주장대로라면 풀들이 차가 돌아가는 방향으로 쓰러졌어야 정상입니다. 아닌가요?"

노형진의 예상치 못한 반격에 검사는 뭐라고 말하지 못했다. 일단 그걸 반격할 만한 증거가 없었기 때문이다.

"음…… 그 부분에 대해서 보충 조사를 하겠습니다만 아마도 엎치락뒤치락하다가 차량의 앞으로 간 것이 아닌가 생각됩니다."

말도 안 되는 변명으로 일관하는 검사지만 판사는 그 말을 들어 주는 눈치였다. 들어 줄 수밖에 없었으리라.

"어찌 되었건 과잉 방어인 것은 맞습니다. 술에 취해서 몸도 못 가누는 사람을 차로 친 겁니다."

검사는 공격 방향을 바꿨다. 술에 취해서 그냥 뒀으면 어차피 널브러진 사람을 차로 쳤다는 식으로 말이다.

하지만 노형진이 가장 먼저 깨달은 것이 바로 그것이었다. 술에 취하지 않았다는 것.

"재판장님, 저희는 그 부분에 대해 원론적으로 의심이 듭니다."

"의심이 든다고요?"

"네, 과연 피해자들이 술에 취해 있었을까요?"

"피해자들은 사건 이후 급하게 병원으로 후송되었습니다. 구급대도 술 냄새가 났다는 소리를 했고 병원에서도 그렇게 증언했습니다."

"하나 그걸 그대로 믿기에는 이상한 점이 있습니다. 일단 저희가 준비한 참고 영상을 봐 주십시오."

노형진은 노트북으로 어떤 영상을 재생했다. 거기에는 한 남자가 운전 준비를 하고 있었고 그 앞에는 한 대의 차량이 준비되어 있었다.

"운전자는 11년의 경력을 가지고 있는 프로 드라이버로 한국에서 다수 우승 경험이 있는 분입니다. 차량 역시 피해자들이 가지고 있는 차량과 동일한 차량을 준비했습니다."

"그래서요?"

"증언에 따르면 피해자들은 9시경에 마을에서 출발하여 해당 지점에 10시경에 도착했다고 합니다. 현재 출발 시간은 9시 30분으로 그들의 증언과 비슷한 시간입니다."

동영상 속의 운전자가 차량에 탑승하자 노형진의 목소리가 들렸다.

―모든 불을 끄세요.

불을 끄는 순간 닥쳐오는 엄청난 어둠.

시골이라서 제대로 된 가로등도 없는 데다가 숲으로 가려진 길은 무척이나 어두웠다.

　─다녀오세요.
　─네.

　운전을 시작하는 드라이버. 하지만 그 드라이버의 속력은 생각보다 느렸다. 워낙 길이 꼬불꼬불한 데다가 불빛이 하나도 없어 제대로 속력을 내지 못한 것이다.
　그렇게 얼마나 지났을까.
　노형진이 동영상 플레이어를 조작해서 영상의 뒷부분을 틀자 특정 장소에 도착한 운전자가 바로 어디론가 전화를 하는 장면이 나타났고, 그 후 화면이 전환되면서 노형진이 들고 있는 핸드폰으로 전화가 오는 것이 보였다.
　노형진은 그걸 스피커폰으로 돌렸는데, 그 통화 내용은 주변에 울려 퍼졌다.

　─도착했습니다.

　화면 속의 노형진은 스톱워치를 카메라에 비췄다.
　"55분?"
　그걸 보고 고개를 갸웃하는 검사와 판사.
　"그렇습니다. 운전으로 먹고사는 프로 드라이버조차 저런 상황에서는 제대로 속력을 내지 못해서 55분이라는 시간이 걸렸습니다. 그런데 피해자들의 증언에 따르면 30분 정도 걸린다고 했습니다. 프로 운전사도 못하는 걸 그들은 거의 절반이나 줄인 겁니다."

"흠……."

"그리고 우연히도 제 아버님이 그 사건 현장에서 살고 계십니다. 그런데 제가 그곳에 가면 경험상 환한 낮에 운전해서 가면 30분 정도 걸리더군요."

그 말인즉슨 그들이 낮에 들어갔다는 뜻이다. 아무래도 낮에는 길이 보여 속력을 낼 수 있으니까.

"그리고 동영상이 아직 안 끝났습니다."

잠시 후 나타나는 한 남자. 그 역시 미리 준비된 차량을 가지고 왔다.

"먼저 출발한 사람과 비슷한 실력을 가진 프로 드라이버입니다."

그는 노형진과 몇 마디 대화를 나누더니 병을 받아 소주를 마시기 시작했다.

"피해자 측 주장대로라면 심신상실에 이를 정도로 술을 많이 마셨다고 했습니다. 하지만 그 정도가 명확하게 얼마인지 알 수가 없으므로 저희는 소주 한 병 정도로 하기로 했습니다. 참고로 저분의 주량은 소주 세 병입니다."

그렇게 술을 마시고 잠시 술기운이 돌기를 기다리던 그는 차를 몰고 안으로 들어갔다.

　그렇게 얼마나 지났을까? 아까와는 다르게 채 10분도 안
돼서 전화가 왔다.

　－벌써 도착하셨습니까?

　－와, 안 돼요, 이거. 이렇게 못 갑니다.

　－그래요?

　－뭐가 보여야 말이지요. 술 마시고 초행길인 채로 여기에서 운전
한다는 건 미친 짓입니다.

　그런 통화 내용을 들은 노형진은 다시 검사와 판사를 바라
보았다.

　"보다시피 프로 드라이버조차 술을 마시고 운전할 수 없다
고 하는 지형입니다. 그런데 두 사람이 고주망태가 되어서
30분 만에 저 길을 돌파했다고요? 법 쪽보다는 차라리 프로
드라이버나 F1 드라이버가 되는 편이 더 성공할 것 같습니
다만?"

　"크흠……."

　검사는 실험 동영상을 보면서 얼굴을 와락 일그러트렸다.
이렇게 소소한 부분까지 파고들 줄은 몰랐던 것이다.

　"시간이 틀릴 수도 있습니다만, 술을 마셨다는 점에서는……."

　"술을 마셨다는 점 역시 아까도 말씀드렸다시피 이상한 점

이 있습니다."

검사의 말을 자르는 노형진.

검사는 아예 짜증 나는 얼굴이 되었다.

"또 뭡니까?"

"아까도 말씀드렸지요. 술을 마셨다는 부분이 납득되지 않는다고요."

"그럼 마신 술을 마시지 않았다고 합니까?"

"대한민국에서는 술을 마시고 범죄를 저지르면 감경 사유로 규정하고 있습니다. 그러다 보니 술을 마시지 않고도 술을 마시고 심신상실이라고 하는 경우도 있지요."

"아까도 말했잖습니까! 증인들이 있다고!"

"맞습니다. 증인들이 있지요. 하지만 그 부분은 확실하게 짚고 넘어가야 하는데 있습니다. 증인들은 술 냄새가 난다고 했지, 술을 마셨다고는 하지 않았습니다."

"무슨 말도 안 되는 소리입니까? 술을 마셨으니까 술 냄새가 나죠."

노형진은 검사의 말에 뭔가를 꺼내서 재판부에 건넸다.

"이게 뭔지 압니까?"

"이건?"

"검찰이 제출하지 않은 진단서입니다. 정확하게는 검사 결과지입니다."

"검사 결과지?"

그걸 본 검사의 얼굴에 당혹감이 서리기 시작했다. 설마 저 걸 노형진이 손에 넣었을 거라고는 생각도 못 했던 것이다.

'나도 고생 좀 했지.'

이걸 손에 넣기 위해서 병원에 있는 간호사에게 적지 않은 돈을 줬다. 실제로 검사가 제출한 것은 진단서뿐이었다.

"네, 검사 결과지입니다. 검찰 측에서 제출한 것은 진단서 뿐입니다. 그리고 진단서에는 상해 정도만 적혀 있지요. 하 지만 이 검사 결과지는 환자가 병원에 도착하는 순간 하는 모든 검사 결과가 적혀 있습니다. 그 맨 뒷장을 봐 주시기 바 랍니다."

맨 뒷장을 서류를 넘긴 판사는 한숨을 쉬었다.

"혈액검사 결과."

"그렇습니다. 혈액검사 결과입니다. 당연히 술을 먹은 지 얼마 안 된 상황에서 후송되어 왔으니 검사 결과에는 알코올 이 나와야 합니다. 하지만 알코올은 나오지 않습니다."

"……."

"그리고 다른 증거도 있습니다."

노형진이 꺼낸 것은 제법 고급스러워 보이는 옷이었다. 여 기저기 피가 묻어 있는 찢어진 옷.

"그건?"

"피해자가 그날 입었던 옷입니다."

"그게 어떻게!"

"다행히 병원에서 보관하고 있더군요."

구급 상황에서 더군다나 뼈가 부러진 상황에서 옷을 벗기고 치료할 수는 없다. 당연히 의사들은 그 옷을 가위로 찢어 버리고 진료에 들어가는데, 그 옷을 찾으러 오는 사람도 있기 때문에 병원에서는 아직도 가지고 있었던 것이다.

하지만 유장선이 다 찢어진 옷을 가지러 갈 리 없다.

"저희는 그 옷을 가지고 시료를 채취하여 성분 검사를 의뢰하였습니다. 그리고 그 안에서 알코올의 흔적을 찾았습니다. 즉, 술을 마신 게 아니라 술 냄새가 나도록 술을 옷에 뿌렸다는 뜻이지요."

"재판장님! 사람이 술을 마시다 보면 옷에 쏟을 수 있는 거 아닙니까?"

애써 변명하는 검사. 그걸 보면서 노형진은 한숨만 나왔다.

'변호사냐?'

검사는 범죄자를 감옥에 넣는 일을 하는 사람이다. 하지만 그의 행동은 도리어 상대방을 변호하는 듯한 모습을 보이고 있었다.

'그리고 내가 그것도 생각하지 못할 거라 생각한 거냐?'

당연히 술이 묻어 있다고 하면 우연히 쏟았다고 할 게 뻔하다.

"술은 실수로 묻을 수도 있습니다. 그러나 그 술이 어떤 술인지는 참으로 중요한 이야기입니다."

"어떤 술?"

술의 종류까지 따지는 노형진의 말에 다들 기가 막혔다. 술이 술이지, 뭐란 말인가?

하지만 노형진이 쓸데없이 돈 들여 가면서 검사한 게 아니었다.

"검사 결과, 그들의 옷에 묻어 있는 술은 코냑, 그것도 최고급용으로 밝혀졌습니다."

"코냑?"

"네."

코냑은 포도주를 증류해서 만드는 술로, 한국에서는 보통 고급 술로 알려져 있다. 그럴 수밖에 없다. 한 병에 최소 몇만 원이고 비싼 건 몇백 원짜리도 있으니까.

"그게 무슨 관계가 있다는 겁니까?"

검사가 따지자 노형진은 그의 입에 못을 박아 버렸다.

"피해자들이 그랬다면서요? 근처에서 술을 마시고 우발적으로 한 짓이라고."

"그렇지요."

"해당 코냑을 수입하고 판매하는 곳에 문의해 봤습니다. 가장 가까운 곳이 현장에서 대략 80킬로미터쯤 떨어져 있더군요."

"80킬로미터?"

"네, 해당 코냑은 시가로 대략 33만 원쯤 합니다. 일반적인 농촌에서 마시는 술이 아니지요. 가장 가까운 곳은 근처 도시의 백화점입니다. 80킬로미터는 우발적으로 술을 마시고 범죄를 저지르기에는 너무 먼 거리 아닙니까?"

"허……."

판사도, 검사도 노형진의 공격에 정신을 차릴 수가 없었다. 모든 증거는 계획범죄라는 것을 이야기하고 있다. 그리고 노형진은 그걸 완벽하게 증명하고 있었다.

"그렇다고 해도 차 안에 들어가서 문을 잠그고만 있었어도 이 사달은 안 났을 겁니다."

검사의 반격.

노형진은 대답하는 대신에 뭔가를 꺼내서 흔들었다. 투명한 봉투 안에 들어 있는 그것은 검은색의 차 키였다.

"그건?"

"유장선의 옷 안에 함께 들어 있었습니다. 스페어 키지요. 만일 유장선이 그걸 가지고 문을 열고 피고인을 끌어내려고 했다면 어떻게 방어해야 할까요?"

"……."

검사는 아차 했다. 유장선이 스페어 키가 있다는 이야기는 하지 않았기 때문이다.

사실 유장선도 정신없는 와중에 그걸 잊어버리고 있었다. 아마 그걸 기억해 냈다면 가장 먼저 옷을 찾아와서 증거를 인멸했을 것이다.

"이 모든 범죄의 증거에서 볼 수 있듯이 이번 강간 미수 사건은 사전에 계획적으로 이루어진 행동입니다."

노형진의 말에 검사는 발끈했다.

"말도 안 됩니다. 계획적인 범죄 중 강간은 사전에 접점이 있어야 합니다. 하지만 두 사람은 아무런 접점도 없습니다. 아예 사는 지역 자체가 다르단 말입니다!"

그의 말에 노형진은 절로 미소가 떠올랐다.

'안 물어보면 섭섭할 뻔했다, 야.'

노형진은 마지막 증거를 꺼내서 그들에게 건넸다.

"접점은 찾았습니다."

"찾았다?"

"네, 이 기록을 봐 주십시오. 이 기록은 넛트월드라는 커뮤니티 사이트의 기록입니다. 간단하게 말씀드리면 넛트월드는 개개인의 홈페이지처럼 공간을 꾸밀 수 있고 그곳에 개인적인 일기나 소식, 사진 등을 올릴 수 있게 되어 있습니다."

몇 장의 캡처 화면으로 사용법과 어떤 형태인지를 설명한 노형진은 아까 꺼내 준 기록을 다시 한 번 그들에게 보여 줬다.

"보다시피 넛트월드는 가족이라는 형태로 가까운 사람을 모을 수 있도록 되어 있습니다. 가족이 된 사람들은 그 내부에 있는 사진들을 보거나 글을 볼 수도 있고 댓글을 달 수도 있지요."

"그래서요?"

"그리고 가족이라는 관계는 가족이 되길 희망하는 사람이 신청한 뒤 당사자가 승인하면 성립됩니다. 다만, 그 가족이라는 것은 그 둘 중 한 명이라도 끊어 버릴 경우 목록에서 사라지지요."

노형진이 보여 준 것은 서세영의 목록이었다.

노형진은 검사를 바라보았다.

"이 목록은 넛트월드에서 제공한 목록입니다. 당사자가 끊어 버린다고 해도 그 기록은 남습니다. 저희는 넛트월드에 요청해서 그동안 피고인인 서세영 양의 넛트월드 홈페이지에 접속했던 모든 가족을 모아 봤습니다. 그중에서 일주일 전에 가족을 끊어 버리고 잠수를 탄 아이디를 발견했습니다."

불안감을 느낀 검사는 얼굴을 찌푸렸다.

노형진은 그 아이디를 그에게 읽어 주었다.

"YJS1986. 앞부분인 YJS는 유장선의 약자입니다. 그리고 뒷부분인 1986은 유장선의 출생 연도이고요. 제가 봐서는 이 아이디에 대해 정식으로 조사해 봐야 한다고 생각합니다만?"

"크흑……."

검사는 완전히 당황했다. 빼도 박도 못하는 증거가 나와 버린 것이다.

'설마 관계 끊기를 한다고 모든 게 사라질 거라 생각한 거냐?'

그럴 리 없다. 그런데도 그는 범죄를 저지를 결심을 하고는 관계를 끊어 버려서 증거를 없애려고 한 것이다.

"이 모든 증거로 봤을 때 이 사건의 기본이 된 강간 사건은 계획범죄이니 그 당시 피난할 방법이 차량을 타고 도주하는 것뿐이라는 것은 명백합니다. 그 상황에서 피고인의 도주를 막을 목적으로 차량에 뛰어든 것은 유장선이므로 피고인 서세영의 과실은 전혀 없습니다. 이는 명백하게 정당방위에 해당됩니다."

노형진의 말에 판사는 얼굴을 찌푸렸다. 그러고는 한참 고민하다가 입을 열었다.

"오늘 많은 증거가 나왔으므로 이를 분석할 시간이 필요합니다. 그때까지 휴정하겠습니다."

그러고는 망치를 내리치는 판사.

노형진은 피식 웃으면서 그곳을 나갈 때였다.

"변호사님."

누군가 노형진을 불렀다.

"네?"

"잠시 와 달라고 하십니다."

누군지 모르지만 노형진은 알 것 같았다.

"일단 사무실로 들어가 계십시오."

"네?"

손예은은 고개를 갸웃했다.

이 사건은 그녀와 노형진이 함께하는 사건이다. 물론 자신은 배우는 처지이니 전면에 나서지는 않는다곤 하지만 그래도 기본적으로 함께하는 게 정상이다.

"사건 관련이라면 함께 가야 합니다."

"뭐, 사건 관련인 것 같기는 하지만 제가 알아서 하겠습니다. 좋은 꼴을 볼 것 같지는 않으니까요. 가서 서세영 양이나 챙겨 주세요. 변호사 둘 다 사라지면 불안할 겁니다."

노형진이 직원을 바라보면서 하는 말에 손예은은 고개를 끄덕거리고는 좀 떨어진 곳에 있는 서세영에게 다가갔다.

노형진은 법원 직원을 따라서 어디론가 향했다.

'역시나.'

아니나 다를까, 그가 간 곳은 판사의 사무실이었다.

"어쩐 일로 부르셨습니까?"

"노 변호사, 오늘 변론은 아주 인상적이었어."

판사는 미소를 지으면서 말하려고 노력하고 있었지만 입만 웃을 뿐, 눈에서는 서슬 퍼런 안광을 내뿜고 있었다.

"그 말씀을 하려고 절 부르신 건가요?"

"거참, 뻣뻣하기는."

그는 의자에 앉더니 노형진에게 나지막하게 말했다.

"뭐, 돌려 말해 봐야 서로 말만 길어지니 단도직입적으로 말하지. 노 변호사, 지금 누구를 상대하는지 알지?"

"유창렬 대검찰청 중수부장이지요."

"그래, 그런데 이런 식으로 나오기야? 그냥 적당히 물러나."

"그럼 어떻게 되는 겁니까?"

"그냥 몇 달 살다가 나오면 돼. 나도 체면이라는 게 있잖아."

"판사님."

"왜?"

"저도 체면이라는 게 있지요. 다 이긴 싸움을 질 수는 없지 않습니까?"

판사는 눈을 찌푸렸다.

"정말 이러기야?"

"네, 정말 이러기입니다."

"자네가 이런다고 이길 수 있을 것 같아? 다 이야기가 끝났다고."

"그래요?"

"그래, 그냥 몇 달만 살다 나오라고 그래. 중수부장 체면이 있지, 아들이 강간 미수면 그렇잖아?"

"그렇지요."

노형진은 고개를 끄덕거리다가 뭔가 생각난 듯 손바닥을 딱 쳤다.

"아, 좋은 생각이 났습니다."

"뭐, 좋은 생각?"

"네!"

"뭔데?"

"중수부장을 그만두면 되죠. 그러면 중수부장의 체면이 알 게 뭡니까?"

싱글거리면서 웃는 노형진의 말에 판사는 버럭 소리를 질렀다.

"노 변호사!"

"네?"

"진짜 끝까지 가자 이건가! 나 판사야! 판사! 네가 아무리 지껄여도 그걸 받아들이고 판단하는 건 나라고!"

"아니요. 그럴 생각 없는데요?"

"뭐?"

노형진은 품 안에서 뭔가를 꺼냈다. 그러자 그걸 본 판사의 얼굴은 새파랗게 질렸다.

"이것만 터트리면 다 끝나는데 왜 끝까지 갑니까?"

"너…… 너…….”

그의 손에 들린 것은 작은 녹음기였다. 지금까지 대화한 모든 내용이 다 들어 있는.

"같이 죽자는 거야!"

"같이 죽을 거라고 생각해요?"

노형진은 웃으면서 그에게 다가갔다. 그러고는 조용히 입을 열었다.

"이걸 터트리면 아마 판사로서는 먹고살지 못하겠지. 그럼 나와서 변호사 생활을 해야 할 텐데 너, 나 이길 자신 있어?"

귓가로 울리는 노형진의 나지막한 목소리에 판사는 얼어붙었다.

"이번 재판에서는, 내가 못 이길 수도 있지. 결국 판사가 판결하는 거니까. 그런데 말이야, 네가 천년만년 판사를 할 거라 생각해? 이번 재판은 네가 판결하니까 내가 이기지 못해도 널 판사 자리에서 끌어내릴 방법은 많아. 그러면 너도 변호사야. 어때? 이길 자신 있어?"

"······."

판사는 할 말이 없었다. 맞는 말이기 때문이다.

과연 판사 자리를 빼앗기고 변호사로서 세상에 나갔을 때 과연 노형진을 이길 수 있을까? 인맥도, 실적도, 돈도, 모든 면에서 노형진은 압도적인 괴물인데?

자신이 지금 큰소리를 칠 수 있는 것도 결국 판사라는 결정을 내리는 자리에 있는 덕분이다.

"어때? 이길 수 있어?"

"······."

이길 수 없다. 그의 선택은 빨랐다.

"난 말이야, 이기게 해 달라는 게 아니야. 최소한 공정하게는 해야지. 안 그래?"

"그······ 그래."

"뭐라고?"

"아닙니다······. 공정하게······ 하겠습니다."

판사는 공포에 부르르 떨었다.

누구도 쓰러트릴 수 없다고 하던 청계를 무너트린 게 노형진이다. 하물며 그때는 돈이라도 얼마 없었지, 지금은 소문에 따르면 1조가 넘는 돈을 가지고 있다고 한다. 그가 1억 정도만 상부에 쥐여 줘도 자신은 판사 자격은커녕 변호사 자격까지 박탈당할 것이다.

"공정하게 하자고."

"네…… 공정하게 하겠습니다."

"좋았어."

노형진은 판사의 얼굴에서 떨어트리면서 웃었다.

"그럼 우리 이야기는 다 끝났지요, 판사님?"

"으응? 그…… 그러네."

"그럼 전 이만 가 보겠습니다."

"그…… 그러게."

노형진이 웃으면서 나간 뒤 그는 의자에 털썩 주저앉았다. 그러고는 한숨을 내쉬었다.

"이런 바보 같은……."

잊고 있었다. 부장판사의 권력은 짧지만 돈의 권력은 길다는 것을.

"큰일 날 뻔했군."

그가 그렇게 안도하고 있을 때 노형진은 넥타이를 풀며 투덜거리고 있었다.

"아, 진짜 이런 식은 싫은데 말이지. 뭐, 어쩌겠어. 가끔은 소 잡는 칼로 닭도 잡고 그러는 거지."

그는 그렇게 법원을 나왔다.

얼마 후 판결문이 도착했다.

당연히 다음 기일에서도 상대방은 제대로 된 공격을 제대로 하지 못했다. 그들이 주장할 수 있는 것은 차로 밀었다는 것뿐인데 아무리 상황을 봐도 서세영이 차로 민 게 아니라 도망가는 차량에 유장선이 뛰어든 것이기 때문이다.

"예상대로네요."

노형진의 경고를 알아들은 판사는 정당하게 판결했다. 아무리 부장검사의 파워가 세다고 해도 자신을 날려 버릴 수는 없다. 설사 날린다고 해도 변호사가 된 자신에게 어쩔 수는 없다.

하지만 노형진은 다르다. 필요하면 말려 죽이는 건 일도 아니다.

"이거야 원…… 정당방위 인정받기 이렇게 힘들어서야."

노형진은 고개를 절레절레 흔들었다.

"그나저나 한 건은 끝났는데 처벌은 역시 안 되겠죠?"

"그렇지요. 검찰 쪽에서는 고발할 의사도 없어 보이고."

검찰 측은 일사부재리의 원칙을 들어서 유장선에 대해 다시 고발하지 않겠다는 의사를 명확하게 했다.

물론 눈 가리고 아웅 하는 것이다. 일사부재리의 원칙도 명확한 새로운 증거가 나와서 고발하는 것까지 막는 건 아니기 때문이다.

“제가 증거를 들이밀었지만…….”

“의사가 없다면 별수 없죠.”

　당연히 수많은 증거가 나왔다. 그리고 그게 노형진의 승리를 이끌었다. 하지만 그들은 다시 사건을 진행시킬 의사가 없었다.

　‘이게 다 기소독점주의의 폐해야.’

　노형진은 그 생각을 하다가 고개를 흔들었다.

　우리나라는 검찰만 기소할 수 있다. 그러니 이런 식으로 하면 진짜 대책이 없다.

　‘그렇다고 경찰에 맡기자니.’

　경찰 역시 그 부분에 대해서 기소독점주의가 문제가 많다면서 기소권을 달라고 하지만 노형진이 봤을 때는 도긴개긴이라는 게 문제였다.

“그나저나 세영이는 어떻게 한대요?”

“아, 세영 양 말입니까?”

“네.”

　손예은은 슬쩍 물어봤다. 안 그런 척하더니 그래도 걱정은 되는 모양이었다.

　그럴 수밖에 없는 게, 그녀는 이제 고 1이다. 공식적으로 보호자인 할머니가 돌아가셨으니 고아원을 가야 한다.

"다행히 고아원, 아니 보육원에는 안 갑니다."

"그래요?"

"네, 제 아버지와 함께 살기로 했습니다."

"네? 그럼 입양을?"

"아니요. 그건 아니고요."

노문성은 입양하고 싶은 눈치였는데 애석하게도 입양 조건 중 나이에 걸려서 입양할 수가 없었다.

"그래도 같이 살면서 이것저것 챙겨 주기로 하셨습니다. 어차피 잘되었죠. 저도 그렇고 제 누나도 그렇고, 일찍 분가해서 두 분 다 외로워하시는데요."

노형진의 어머니는 막내딸이 생긴 것 같다면서 좋아하고 있었다. 뭐, 당분간은 어색하겠지만 말이다.

"그건 다행이네요."

"네, 다행입니다."

"하지만 아닌 부분도 있지."

노형진의 사무실로 들어오면서 걱정스러운 얼굴을 하는 김성식 변호사였다.

"어쩐 일이십니까?"

"안 좋은 소식이네. 유창렬이 자네한테 이를 바득바득 갈고 있다고 하는군."

노형진은 피식 웃었다.

'그래 봤자다.'

화무십일홍이라고 했던가? 그의 권력은 얼마 남지 않았
다. 애초에 그는 그 자리를 감당할 만한 인재가 아니었다.

"뭐, 덤비고 싶으면 덤비라고 하세요. 다만 그 자리에서
살아남았을 때의 이야기지만요."

"살아남아?"

"그런 게 있습니다. 하하하."

노형진은 그냥 웃음으로 때우고 말았다.

백지를 더럽히는 가장 좋은 방법

"좋다."

모든 사건이 대충 정리되고 난 후 노형진은 즐거운 마음으로 세상을 바라보고 있었다. 아니, 그렇게 되려고 노력하고 있었다.

'뭐, 생각지도 못한 동생 비슷한 게 생기기는 했지만.'

입양한 건 아니지만 그래도 동생 비슷한 존재가 생겼다는 것이 노형진의 기분을 이상하게 했다. 그가 원래 막내였기 때문이다. 동생이라는 생각은 단 한 번도 한 적이 없는데 말이다.

"뭘 그렇게 웃어?"

"아, 사진요."

"사진."

노형진은 사진을 보여 줬는데, 그걸 보고 송정한은 미소를 지었다.

"보기 좋네."

"그렇지요?"

과거와는 다른 가족사진.

과거에는 없던 사진이다. 멀쩡하게 살아 있는 누나와 행복한 얼굴의 부모님. 그리고 어쩌다 보니 생긴 여동생까지.

'이게 행복 아니겠어?'

노형진은 행복한 미소를 지으면서 사진을 바라보았다. 휑하고 황량한 자신의 책상에 새롭게 생긴 작은 희망 같은 느낌이었다.

"그런데 그 사진은 그만 보고 이제 일 좀 하지?"

"하하하."

노형진은 웃으면서 고개를 끄덕거렸다.

"그래야지요. 먹여 살릴 사람이 한 명 더 생겼는데요."

"자네가 왜 먹여 살려? 아버지가 먹여 살리겠지."

"기분이 그렇다는 거죠."

노형진은 웃으면서 서류를 정리했다.

"이제 심기일전하면서 다시 시작해 봅시다! 아자!"

그는 그렇게 행복하게 외쳤다. 하지만 그 행복한 기분은 채 사흘도 가지 않았다.

"네?"

"세영이가 다니는 학교 말이다. 이상하더구나."

"아니, 왜요?"

"세영이 말로는 학교가 종교 쪽 학교라는데 일주일에 세 번 이상 종교 수업이 들어 있다는구나."

"그거야 흔한 일이잖아요?"

아버지로부터 온 연락은 노형진의 고개를 갸웃하게 만들었다. 학교 문제야 어디 한두 번 문제인가? 그런데 그런 일로 전화라니?

"심지어 종교 수업을 거부했다고 퇴학당한 학생도 있는 모양이야."

"퇴학요?"

"네."

노형진은 고개를 갸웃했다.

'미치지 않고서야.'

물론 종교 시설에서 만든 학교인 만큼 종교 수업을 넣겠지만 그걸 듣지 않은 걸로 과연 퇴학의 대상이 될 수 있을까? 그렇게 보기에는 무리가 있었다.

"하여간 그래서 전학시키려고 생각 중이다."

"어디로요?"

"서울로 보내야지."

노형진은 묘한 표정이 되었다. 서울로 보낸다는 것은 다시 말해 노형진이 관리와 책임을 감당하게 된다는 뜻이기 때문이다.

"크흠…… 전 아직 애 아빠가 될 생각이…….."

"네가 관리할 것 같냐? 내가 봐서는 세영이가 널 관리할 것 같은데?"

"네?"

"어린애가 얼마나 똑 소리가 나는지 모른단다."

서세영은 할머니와 살던 소녀 가장이었다. 그래서 어지간한 음식은 자신이 다 할 줄 알고 집안일에도 능숙했다. 그 덕분에 생각지도 못하게 엄마가 편해지기까지 했다고 하니까.

"크흠."

노형진은 슬쩍 고개를 돌렸다.

"남자가 혼자 살다 보면 그럴 수도 있죠."

아버지인 노문성이 뭘 이야기하는지 알고 있다. 솔직히 노형진이 살고 있는 오피스텔은 차마 깨끗하다고 말할 수 없는 상황이다.

"일단은 전학은 최후의 선택이다. 하지만 그 학교에 다니게 하는 게 영 찜찜하구나."

"도대체 무슨 학교기에."

"학교 이름이…… 평광고였나?"

"평광고?"

낯선 이름에 노형진은 고개를 갸웃했다. 그럴 수밖에 없는 게 노형진이 고등학교에 대해 잘 알 수는 없으니까.

더군다나 시골에 있는 학교 하나까지 알 수는 없었다.

"하여간 서영이가 서울에 다닐지도 모르니 네가 좀 알아봐 줬으면 좋겠구나. 가서 종교 수업을 빼 달라고 이야기는 해 보겠지만 안 되면 별수 없지."

"네."

노형진은 이때까지만 해도 무심하게 넘기고 있었다.

하지만 전화를 끊고는 무심결에 인터넷으로 평광고라는 이름을 찾았을 때, 그는 자신도 모르게 눈을 찡그릴 수밖에 없었다. 전국에 그 이름을 가진 학교가 그곳 하나뿐이었는지 바로 홈페이지가 떴는데 거기에 절대 다시 만나고 싶지 않았던 이름이 있었던 것이다.

"빌어먹을……."

노형진의 작은 신음 소리가 사무실에 울려 퍼졌다.

⚖

"만구파?"

익숙한 이름이 나오자 송정한은 얼굴을 찌푸렸다.

"그 녀석들이 아직도 있었나?"

"종교라는 게 쉽게 근절되는 게 아니라서요."

근절이라는 표현을 쓸 정도로 노형진과 만구파의 악연은

질겼다.

"만구파라……. 하긴 나도 소문은 들었지."

김성식도 그 사건을 알고 고개를 끄덕거렸을 만큼 유명한 일이니까.

"그 녀석이 이번에는 생각지도 못한 곳에서 튀어나오는 군. 학교라니, 무슨 생각이야?"

"전 알 것 같습니다. 신도를 늘리는 가장 좋은 방법이 뭐라고 생각하십니까? 지금에 와서는 포교도 제대로 안 될 텐데요?"

"그거야…… 끄응…… 그렇군."

"네, 아이들이야말로 가장 완벽한 포교 대상이지요."

아이들은 백지와 같다. 어른이 쓰는 대로 쓰인다.

만구파가 노린 것은 그것이다. 제대로 세뇌만 하면 그들은 절대적인 자신들의 신도가 될 것이다. 만구파가 키운 만구키 드가 도움에 의한 관계였다면 그들은 세뇌된 노예들이나 마찬가지인 것이다.

"하지만 왜? 신도가 늘어난다고 해서 좋을 건 없지 않나? 그리고 그 시간이 오래 걸릴 텐데?"

남상주 변호사는 고개를 갸웃할 수밖에 없었다.

확실히 신도를 늘리는 좋은 방법이기는 하다. 하지만 시간이 오래 걸린다. 그런 방식으로 늘리는 것보다는 차라리 공격적인 포교가 나을 수도 있다

"아무래도 만구파의 형태에 그 이유가 있겠지요."

"이유?"

"네, 만구파는 종교의 형태를 가지고 있지만 기본적으로 그 형태는 공산주의의 형태를 가지고 있습니다."

만구파에 가입한 신도들은 모든 재산을 만구파에 바친다. 그 대신에 만구파는 그들을 먹여 주고 재워 주며 신심이 높다고 판단되는 사람들은 결혼까지 시켜 준다. 완벽한 공산주의 형태다.

"재산을 노리고? 애들이 무슨 재산이 있다고?"

"재산이 아니라 아이들 자체를 노리는 걸 겁니다. 만구파의 사업은 한두 개가 아니니까요."

"아!"

만구파는 여러 가지 사업을 하고 있다. 신도들의 노동력을 이용하기 위해서다. 문제는 현대는 근로자의 임금의 생산 단가의 70%를 차지할 정도로 임금의 비중이 높다는 것이다.

그런데 만구파는 종교이고 그곳에서 일하는 것은 노동이 아닌 종교에 대한 자원봉사이다. 결과적으로 임금이 나가지 않고 그들은 그 생산한 물건을 싼 가격에 시장에 공급할 수 있다.

'그리고 그렇게 확보된 자산이 만구파를 지탱하는 힘이 되고 말이지.'

가령 시중에서 1만 원짜리 물건을 만구파는 7천 원에 공급

한다. 당연히 사람들은 더 싼 가격을 가진 쪽으로 몰리기 마련이다.

더군다나 1만 원짜리는 임금이 붙기 때문에 못해도 원가가 7천 원이다. 하지만 만구파의 물건은 임금이 나가지 않아 원가는 2천 원 미만.

결국 5천 원 이상이 만구파의 주머니로 들어가 만구파가 무너지지 않게 지탱해 주는 힘이 된다.

"아이들을 세뇌시켜서 만구파의 신도로 만들면 만구파는 상당히 오래 쓸 수 있는 아주 튼튼한 노예들을 확보하는 셈이지요."

"크흠……."

"종교들이 다들 모태 신앙을 중요하게 여기는 것은 그것 때문입니다."

모태 신앙. 모든 종교가 그걸 중요하게 여긴다.

그게 성스러운 것이라서?

아니다. 어려서부터 그 종교에 맞게 교육받아서 그런 것이다. 그들은 그렇게 살아간다.

"기록을 보면 그 학교에서 한 해 졸업생이 대략 사백 명입니다. 그중에서 대략 10%가 만구파에 빠져서 가족에게 돌아가지 않더군요."

고문학은 서류를 확인하고는 참참한 표정으로 그걸 내려놨다.

"뭐, 10%?"

"네."

그러면 40명 정도다. 한 해 임금으로 따지면 한 사람당 최저 2천만 원만 잡아도 만구파는 무려 1년에서 8억을 아끼는 셈이다. 그들이 일해서 번 돈을 다 가져가는 걸 생각하면 그 금액은 훨씬 더 많아질 것이다.

"문제는 만구파 소속의 학교가 그것뿐이 아니라는 겁니다."

"뭐라고요?"

"관심을 가지지 않아서 모르고 있었는데 이번 조사 결과, 만구파에서 운영하는 학교는 총 스물한 곳입니다."

"스물한 곳요?"

"네, 그래서 문제인 거죠."

스물한 개의 학교에서 한 해에 10%로 잡아 마흔 명씩 들어간다고 치면 총 팔백 명 정도가 된다. 그런데 그 숫자는 매년 들어간다.

"조용히 일을 꾸미고 있었군."

"네, 어쩐지 조용하다 싶더라니."

"그 정도면 완전히 대기업 수준이잖아? 어쩐지 아무리 족쳐도 죽지 않더라니."

만구파 녀석들이 이렇게 조용히 뒤에서 음모를 꾸미고 있을 거라고는 생각하지 못했기에 노형진은 고민에 빠졌다.

더군다나 이번에는 지금까지 사건과 비교할 수 없는 엄청난 규모다. 매년 팔백 명이라니.

"얼마나 오래된 건가?"

"제일 오래된 학교가 대략 12년쯤 되었습니다. 평균으로는 10년으로 잡으면 되겠더군요."

"음……."

그렇다면 외부에 드러나지 않았다 뿐이지, 어디선가 8천 명의 노예가 잡혀서 일하고 있다는 소리이다.

'어쩐지…….'

그렇게 많은 노예들이 일해서 바치고 있으니 그토록 사방에서 죽이려고 해도 죽지 않았던 것이다.

'더군다나 일반 신도들과 그 가족까지 하면…….'

못해도 1만 이상의 숫자일 것이다. 그 정도면 거의 재벌급 규모를 가지고 있는 셈이다.

'치밀하군.'

이런 식이면 누구도 그들이 성장하는 것을 몰랐을 것이다. 세뇌를 하다 보니 학교에서 데려가는 사람들 역시 자발적으로 가는 거라 수사 기록에 남을 수 없으니까.

"어쩔 텐가?"

"글쎄요……."

"정확하게 말하면 우리는 의뢰받지 못했네."

"하지만 그냥 넘어갈 수는 없는 상황이죠."

만구와 새론의 악연이 문제가 아니다. 학생에 대한 세뇌 교육은 실질적으로 범죄나 마찬가지다. 그리고 그 후에 그들을 신도라는 이름으로 노예화시켜서 착취한다.

그러면 나중에 그들은 나가고 싶어도 나갈 수가 없다. 벌어 둔 돈이 없으니 나가면 굶어 죽는 것이다. 그러니 영원히 노예처럼 살 수밖에 없다.

'망할 놈들.'

자신이 모르는 사이에 이런 식으로 세력을 넓히고 있을 거라 생각하지 못한 노형진은 입맛을 다셨다.

"의뢰받는 건 어렵지 않습니다. 세영이가 그 학교에 다니고 있으니 세영이가 의뢰하는 것으로 하면 됩니다."

"하지만 전례가 없는 일이라서……."

지금까지 새론에서 한 모든 재판은 저들이 고소하거나 의뢰인에게서 의뢰받고 난 후에 시작되었다. 하지만 이 사건은 그게 아니다. 반대로 자신들이 사건을 인지하고 의뢰인을 구하는 형태다.

"기획 소송이 되는 건데."

"어차피 우리가 가려고 했던 방향이잖습니까?"

"음……."

기획 소송.

쉽게 말해서 불법적인 것을 인지하고 그 피해자들을 설득해서 소송에 들어가는 형태를 말한다.

이것은 한국에서는 없는 일이다. 대부분의 변호사들이 목에 힘주고 다니는데 찾아다니면서 기획 소송을 할 리가 있겠는가?

'하지만 미국에서는 흔한 일 중 하나지.'

물론 돈을 위해 하는 것이지만 말이다.

'하지만 이건 돈을 위한 게 아니야.'

그렇다. 그 학교에서 나와서 저들에게 세뇌당하는 수많은 아이들의 인생과 저들의 죄로 인해 목숨을 잃을지도 모르는 수많은 사람들의 인생이 달린 문제다.

"기획 소송이 나쁘기만 한 건 아닙니다. 사실 상대방에게 힘이 있어서 제대로 찍소리도 못 하고 사는 사람들이 어디 한두 명입니까?"

"그건 그렇지."

송정한은 고개를 끄덕거렸다. 그래서 노형진과 함께 기획 소송하는 방법을 연구하면서 공부하고 있었던 것이다.

"그리고 이 사건은 그 첫 번째가 되는 게 좋다고 생각합니다. 결코 좋은 목적으로 교육 사업을 하는 게 아니니까요."

"후우."

송정한은 잠시 고만하다가 다른 사람들을 바라보았다.

"이 부분은 저 혼자 결정할 부분이 아닌 듯합니다. 다른 분들의 의견은 어떠신지요?"

본격적으로 기획 소송으로 나가기 전에 해 보는 것도 나쁘지 않다. 하지만 기획 소송을 하게 되면 주변에서 엄청나게 싫어할 게 뻔하다. 변호사들의 자긍심을 버렸다고 말이다.

'자긍심은 개뿔.'

그러나 노형진은 생각이 달랐다. 피해자를 뻔하게 보면서도 의뢰인이 아니라서 돈이 안 되어서 그냥 모른 척하는 것은 자긍심이라 할 수 없었다.

"전 동의합니다. 세상은 바뀝니다. 지금 주류라고 할지라도 적응하지 못하면 도태되니까요."

남상주는 동의했다. 고민한 건 김성식이었다.

"좀 고민되는군요. 전 이제 들어온 지 얼마 되지도 않았습니다만……."

하긴 사전에 대충 이야기를 들었다고 하지만 이렇게 전격적으로 일이 벌어질 거라 생각하지는 못했으리라.

그는 한동안 침묵을 지키다가 드디어 입을 열었다.

"어쩌면…… 검사가 하는 일을 변호사가 할지도 모르겠군요."

"네?"

"검사는 형사에 대해서는 독점적인 권한을 가지고 있지요. 하지만 이건 미래를 바꿀 일입니다. 그러나 검사도, 판사도 막을 수가 없지요."

"그럼?"

"네, 미래가 새로운 변호사의 역할을 요구한다면 저 역시고 그에 따르는 게 맞겠지요."

송정한은 고개를 끄덕거렸다.

"그럼 합시다. 기획 소송!"

그렇게 새론의 첫 번째 기획 소송이 시작되었다.

"일단 증거를 모아야겠습니다."

기획 소송은 다른 소송과 다르다. 일단 다른 소송은 의뢰를 받고 증거를 모으기 마련이다. 하지만 기획 소송은 증거를 모으고 소송하라고 설득한다.

"이래서 우리나라 변호사들이 기획 소송을 싫어하는군. 알 것 같네."

이번에 나서서 기획 소송을 배우고자 한 김성식은 왜 기획 소송이 한국에서 이루어지지 않는지 알 것 같았다.

"먼저 증거를 모아야 한다니."

"그래야 설득하지요."

"그렇겠지. 하지만 위험부담이 있는 건 틀림없군."

가령 이렇게 돈 들여서 소송 자료를 모았는데 의뢰인이 거절할 경우 그 돈은 그대로 적자가 된다. 어떤 경우는 의뢰인이 증거 자료를 들고 다른 변호사에게 찾아갈 수도 있다.

"물론 그런 증거 자료는 전부 공개할 필요는 없습니다."

설사 공개한다 하더라도 실물로 주지 않으면 다른 변호사에게 가지고 가지도 못한다.

"하지만 적자의 가능성은 언제나 존재하지요."

"음……."

"그러나 반대로 기획 소송은 엄청난 이점을 줍니다."

"어떤?"

"증거를 모으기가 쉽지요."

"그렇겠군."

소송이 진행된 것도 아니니 누구도 소송의 낌새를 눈치채지 못한다. 당연히 저들은 허술하게 대응할 수밖에 없어 소송에 필요한 증거를 모으는 게 무척이나 쉬워진다.

"여기만 해도 그렇지 않습니까?"

노형진은 운동장에서 뛰어노는 학생들을 보면서 미소를 지었다.

"아마도 소송이 시작된 걸 알았다면 낯선 사람을 들이지는 않았겠지요."

"그렇겠지."

하지만 소송을 위한 증거를 모으는 것을 모르기 때문에 경비들은 그저 동네 산책 나온 사람들이라고 생각할 뿐이었다.

"아, 저기 오네요."

노형진이 손을 번쩍 들자 쭈뼛쭈뼛 다가오는 한 여자.

"안녕하세요……."

"거참, 오빠라고 부르라니까."

"그게, 아직은……."

서세영이었다.

그녀는 정식으로 입양된 게 아니다. 부모님의 자격 문제도 있었고 서세영 역시 부모님의 성을 지키고 싶어 했기 때문이다.

"그나저나 오늘이라면서?"

"네, 오늘이 교육하는 날이에요."

"일주일에 사흘?"

"네."

상식적으로 학교는 나름의 커리큘럼을 가지고 있다. 국가에서 정한 수업 시간이 있으므로 그 이상을 데리고 있다 보면 어쩔 수 없이 수업 시간이 늘어날 수밖에 없다.

'그거야 뭐, 어차피 자습이라는 형태로 운영되기는 하지만.'

한국의 고질적인 문제, 자율 학습.

문제는 이게 거의 대부분 '타율 학습'이라는 것이다.

"그나저나 가능하겠어?"

증거를 모으는 데에 있어 가장 중요한 것은 다름 아닌 내부자의 협조이다. 내부자가 협조하지 않으면 당연히 어떤 증거도 모을 수 없다. 다행히 노형진에게는 그 안에 믿을 만한 내부자가 있었다.

"네."

"위험하지는 않을까?"

김성식은 우려가 섞인 표정으로 서세영을 바라보았다. 특별한 일은 아니지만 그렇다 해도 증거라는 이름이 붙어 있으니 조심스러울 수밖에 없었다.

"아마 별일 없을 겁니다."

서세영의 말에 따르면 학교에서는 매일같이 하루에 20분씩 아침 기도 시간을 가지고 있으며, 또한 그와 별도로 일주일에 세 시간씩 교리 수업을 하고 있다고 한다. 그 외에도 주기적으로 찬양문 암송 대회나 찬양 백일장 같은 것을 하면서 학생들에게 적극적으로 교리를 가르치고 있다고 한다.

"그렇게 공개적으로 한다는 것은 아직은 그게 잘못되었다는 것을 모르는 거죠."

"어째서?"

"애초에 누군가를 세뇌시키기 위해 일하는 사람들이 제정신이겠습니까? 그들은 자신들의 행동이 무척이나 정당하다고 생각하고 있을 겁니다."

"음⋯⋯."

김성식은 고개를 끄덕거리면서도 여전히 우려의 시선을 감추지 못했다.

"그래서 이런 장비를 준 겁니다."

노형진이 건넨 것은 작게 생긴 필통이었다. 여자아이들이 흔하게 가지고 다닐 만한 그런 필통. 하지만 그 안에는 작은 카메라와 녹음기가 들어 있었다.

"걱정 마세요. 저를 도와주셨으니까 꼭 성공할게요."

노형진은 고개를 흔들었다.

"아니야. 네가 무슨 생각을 하는지 알지만 절대로 무리하면 안 된다. 기본적으로 안전하다고 생각하지만 상대방은 만구파야. 문제가 될 수도 있어. 그러니까 절대로 무리하면 안된다. 무리다 싶으면 아예 꺼내지도 마."

"네."

서세영은 고개를 끄덕거렸다. 사실 딱히 이상할 것도 없는 일이라 위험할 건 없겠지만 말이다.

"그럼 들어가라."

"네, 변호사님."

"어허! 오빠라니까."

"헤헤헤."

그녀가 들어가자 그 모습을 걱정스럽게 바라보는 노형진.

"아까는 별일 없을 거라면서?"

자신에게 한 말과 서세영에게 한 말이 상반되었기에 김성식은 고개를 갸웃했다.

"압니다. 하지만 보통 사람들은 저런 몰래카메라를 발견하면 일단 뭔가 잘못되었다고 생각하고 색안경을 끼고 보지 않습니까?"

"그렇기는 하지."

"그리고 혹시나 무리해서 다른 증거를 모을까 봐 그랬습니다."

"아!"

서세영은 노형진에게 큰 도움을 받았다. 그러다 보니 노형진을 돕겠다고 다른 증거를 모으다가 혹시나 일이 날까 봐 걱정한 것이다.

"아마 그렇게 되지는 않을 걸세."

"그렇기는 합니다만."

한번 소송이라는 큰일을 겪었던 데다가 원래 소녀 가장으로 세상에 대해서 잘 아는 타입이기에 무리하지는 않을 거라 생각하고 있기는 했다. 하지만 혹시나 하는 노파심에 한마디 한 것뿐이었다.

"이제는 뭐하나?"

"이제는 다른 피해자들을 만나러 가야지요."

"피해자?"

"네, 이런 것은 명백하게 피해자가 있는 법이니까요."

"아오, 말도 마세요."

이를 바득바득 가는 학생. 그는 주변의 다른 학교의 교복을 입고 있었다.

"그 망할 학교 때문에 지금 등교 시간만 무려 한 시간 반이나 걸린다고요."

그럴 수밖에 없다. 퇴학을 당하고 난 후 가장 가까운 고등학교로 왔다고 하지만 이런 시골은 고등학교가 가까이 있지는 않으니까.

"그래서 어떤 부분에서 문제가 생긴 겁니까?"

"어떤 부분? 몽땅 다요. 아예 말이 안 통해요."

그는 원래 독실한 기독교 신자라고 한다. 그리고 기독교는 다른 신을 믿지 말라고 한다. 유일신이기 때문이다.

"타협해 볼 생각은 안 해 봤나요?"

"안 해 보긴요. 해 봤죠. 그런데 이건 말이 안 통해요."

수업 정도는 들어갈 수 있었다. 들어가서 시간을 보내면 끝나는 거니까.

문제는 수업이 아닌 다른 행동이었다. 특히 찬양 같은 경우는 아무리 타협하려 해도 절대 용납할 수 없는 부분이었다.

"아침마다 찬양 기도하라고 하고 심심하면 백일장이랍시고 찬양문을 써서 내라고 하고 구원의 서인지 나발인지를 보고 독후감을 써서 내라고 하고. 이게 공부하러 온 고등학교인지 세뇌 교육을 받으러 온 건지 모르겠다니까요."

아침마다 찬양 기도를 시키고 관련 찬양문까지 내라는 것은 모태 신앙인 그에게 말도 안 되는 소리였다.

"그래서 나는 수업은 들어도 그건 못 하겠다고 했더니."

"퇴학시켰다고요?"

"네."

자신은 이단이라면서 이단은 이 학교에 다닐 자격이 없다며 퇴학시켰다는 것이다.

"항의는 해 봤습니까?"

"해 봤죠. 그런데 이빨도 안 먹혀요."

안 그래도 그런 행동에 화가 나 있던 그의 아버지는 당장 다른 학교로 옮기라고 했고, 결국 그 사건은 그렇게 끝나 버렸다.

"흠…… 그렇게 심각합니까?"

"말도 마세요."

아예 종교적 행동을 점수화해서 학교생활을 평가하며 종교에 맞는 행동을 하지 않거나 자신들의 말에 조금이라도 의심을 가지면 바로 징계가 들어온단다.

특히 종교적인 부분에 대해서는 광적이라고 할 정도였다.

"흠……."

듣고 있던 김성식은 얼굴을 찌푸렸다.

자신은 노형진이 그들과 싸울 때 부장검사였던 탓에 그들에 대해 잘 알지 못한다. 그저 그들과 노형진이 철천지원수나 마찬가지라는 정도로만 알고 있었다.

"아예 상식이 안 통하는 집단이군."

"상식요? 애초에 상식이라는 게 있나요?"

학생은 아직도 분한 듯 이를 박박 갈았다. 그런데 듣고 있던 김성식은 고개를 갸웃했다.

"모든 선생들이 다 그랬단 말인가?"

"네."

"그게 가능한가?"

"네?"

"그게 무슨 말인가?"

"아무리 사립학교라고 하지만 선생 자격은 그냥 나오는 게 아닐 텐데?"

선생님이 되기 위해서는 어떤 식으로든 자격증을 따야 한다. 즉, 자격증이 없으면 아예 기회가 없는 것이다. 그런데 제대로 사범대를 나오고 교육받고 심지어 자격증까지 딴 사람들이 그런다는 것은 이해할 수가 없었다.

"국영수 1억, 예체능 2억."

"응?"

노형진의 갑작스러운 말에 노형진을 바라보는 김성식.

"지금 사립학교에서 선생이 되기 위해서 내야 하는 돈입니다."

"내야 하는 돈이라니?"

"말 그대로입니다. 사범대를 나오고 선생님이 되는 교사 자격증을 따는 사람은 넘치죠. 그에 비해 학교라는 곳은 매년 생기는 곳이 아닙니다. 더군다나 한번 들어가면 철 밥통이라고 할 정도로 사람들이 많이 바뀌는 것도 아니죠."

"그럼?"

"세상에는 성심껏 아이들을 가르치는 교사도 있는 반면 이기적으로 움직이는 교사도 있는 겁니다."

"끄응."

그리고 아이를 성심껏 가르치는 교사가 이런 말도 안 되는 교단에 들어갈 리도 없고 들어간다고 해도 버틸 수가 없다.

결국 그곳에 남는 사람들은 오로지 돈만 바라고 들어간 사람들이라는 뜻이 된다.

"당연히 그들은 자신들이 투자한 돈이 있으니 어떻게 해서든 그 자리를 지키려고 하겠지요."

"자신의 양심을 버리면서 말이지."

"네."

"아이러니하군."

학생을 도구로 보고 전도시키는 교사들이 정작 돈 때문에 그 짓을 할 뿐 진짜 신도는 아니라는 사실에 김성식은 씁쓸하다는 생각이 들었다.

"원래 그런 겁니다."

"후우."

김성식이 뭐라고 하든 퇴학당한 학생의 분노는 대단했다.

"그러면 그 선생들은 뭐라고 하던가요?"

"말 그대로예요."

뭐라고 하기만 하면 이단으로 낙인찍어 버린다고 한다. 그러면 학교 내부에서 아무것도 할 수가 없다. 이단이라고 낙인찍히면 수업을 제외한 어떤 것에도 참여시켜 주지 않으며 성적은 말 그대로 최악으로 떨어진다. 더군다나 단순한 시험은 어떻게 할 수가 없지만 선생들의 감정이나 사상이 들어가는 백일장이나 사생 대회 등은 완벽하게 차단된다.

"대학에 가려면 그런 곳에서 상을 따야 하거든요? 그런데 그건 물 건너가요. 접수야 받아 주죠. 그런데 다른 친구가 봤는데 접수가 끝나고 난 후에 이단이라고 찍힌 사람들의 건 따로 추려서 바로 분쇄기에 넣어 버리더래요."

"그래요?"

"네."

결과적으로 학교 자체가 오로지 만구파의 포교만을 위해 움직이는 형태를 가지고 있다는 뜻이다.

"알겠습니다."

노형진은 자리에서 일어나서 인사하고 바깥으로 나왔다. 김성식 역시 심각한 얼굴로 그곳에서 나왔다.

"도대체 왜 여기까지 온 거야?"

도시에도 학교는 많다. 그런데 여기까지 온 이유가 뭘까? 하지만 노형진은 그런 이유를 알 것 같았다.

"아무래도 도시에 비해서 상대적으로 아이들이 순수하니까요."

"순수?"

"네, 원래 도화지가 깨끗할수록 색칠하기 쉽거든요."

도시의 아이들은 이곳에 비해 말이 많다. 더군다나 주변에 학교가 많은 만큼 대안이 될 수 있는 곳으로 전학을 가기 쉽다. 그에 비해 이런 시골은 아니다.

"순수하기 때문에 세뇌하기는 쉽습니다. 더군다나 도시의 부모와 시골의 부모는 좀 다르거든요."

도시의 부모는 아이의 말을 듣고 뭔가 이상하면 일단 알아보려고 하는 경향이 강하다. 상대적으로 젊고 시간을 내기 쉬운 편이기 때문이다.

그에 반해서 시골의 부모는 어찌 되었건 학교에 보내려고 한다. 그렇지 않으면 큰일 나는 줄 알기 때문이다.

"즉, 이곳에서 세뇌하는 것이 쉽고 빠르게 세뇌할 수 있다는 것이지요."

"망할 놈들."

노형진의 말에 김성식은 한숨만 나왔다.

"어떻게 인간의 탈을 쓰고 저런 짓을 하는지."

"인간의 탈을 썼으니까 저런 짓이 가능합니다. 짐승은 저런 짓을 못하니까요."

"부정은 못 하겠군."

노형진의 말에 고개를 끄덕거리는 김성식.

"그럼 다른 사람들도 만나 볼 생각인가?"

"네, 이쪽은 퇴학 문제가 아니니까요."

수많은 부모들이 두런두런 이야기하고 있었다.

"아아, 집중! 반갑습니다. 이쪽은 이번 사건을 담당하고 있는 김성식 변호사님입니다. 저는 노형진이라고 하고요. 모두들 아시겠지만 이 회합은 철저하게 기밀로 붙여 놔야 합니다. 학교 측에서 대응하게 만들면 아이들을 구할 수 없게 됩니다."

격하게 고개를 끄덕거리는 사람들.

"많이들 오셨네요?"

"안 올 수 있겠소?"

노형진의 말에 한탄하듯 말하는 남자. 그와 동시에 고개를 끄덕거리는 사람들.

"솔직히 조금 더 시간이 있었으면 더 많이 왔을 겁니다."

"맞아요."

"죄송합니다. 아무래도 저쪽에 알려지지 않게 하다 보니 시간이 좀 촉박합니다."

노형진이 만난 이 사람들은 쉽게 말해 피해자였다. 정확하게 말하면 피해자들이자 피해자들의 아버지였다.

"그나저나 사실이오, 우리 아이들을 구할 수 있다는 게?"

"일단은 시도해 볼 생각입니다."

이들은 평광고등학교에 다니던 아이들의 부모였다. 이들이 여기에 온 것은 한 가지 이유 때문이었다. 바로 만구파에 끌려간 자신들의 아이들을 구하는 것.

'생각보다 많군.'

만구파의 세뇌에 가까운 교육 덕분에 아이들은 학교를 졸업하자마자 만구파에 투신한다. 그러고는 평생 노예로서 살게 된다.

문제는 여기서 생긴다. 그들은 고등학교를 졸업하면서 성인이 된다는 것. 만구파에서 납치한 것도, 협박한 것도 아니다. 그들 스스로 만구파라는 종교에 투신한 것이다.

'법적으로는 그 애들을 구할 방법이 없지.'

물론 없는 건 아니다. 하지만 저들은 그걸 모른다. 그러니 경찰만 부를 테고, 경찰은 이런 종교 관련 사건은 대부분 손 떼고 모른 척해 버린다. 종교가 관련되면 너무 시끄럽기 때문이다

"지금까지 온 피해자가 몇 명입니까?"

"이백마흔 명입니다."

"음……."

비밀리에 알음알음 모았음에도 불구하고 생각보다 많은 숫자다. 그만큼 피해자들이 많다는 뜻이리라.

'그리고 그 돈으로 막대한 수익을 내고 있지.'

단돈 1천 원을 아끼려고 하는 게 사람이다. 그러니 만구파에서 나오는 물건을 살 수밖에 없다.

아니, 애초에 만구파에게서 나오는 모든 물건은 관련된 모든 흔적을 지우고 나온다. 당연히 사람들은 그게 만구파의 물건인지 알 수가 없다.

'어째 그놈들 냄새가 나는데.'

익숙하게 지금은 사라진 청계의 냄새를 느낀 노형진은 한숨을 쉬면서 고개를 흔들었다.

'당사자는 사라져도 악은 영원하다인가?'

그런 노형진의 생각과는 상관없이 다급한 부모들은 마구 방법을 알려 달라고 성화했다.

"빨리 말해 주시오! 우리 애들을 구할 수 있는 방법이 뭐요!"

"그 망할 놈들이 내 아들을 빼앗아 갔어요!"

"제발 아이들을 찾을 수 있는 방법을 알려 주세요!"

종교에 미쳐 버린 아이들은 부모와 가족에게까지 이단이라고 욕하면서 집을 나가 버렸다. 그러고는 그대로 만구의 전당으로 가 버렸다. 그렇게 나간 아이들은 연락도 없었다.

'연락할 방법이 없겠지.'

만구파가 바보가 아닌 이상에야 거기서 연락할 수 있는 방법을 만들어 주지는 않았을 것이다. 매일같이 감시하며 혹시나 모를 이탈을 막고 있을 가능성이 높다.

"진정하세요. 이렇게 서로 소리를 지르면 아무 말도 못 합니다."

김성식이 먼저 나서서 그들을 진정시켰고 노형진은 그런 김성식에게 감사의 인사로 고개를 끄덕거렸다. 그러자 김성식이 고개를 저었다.

"별말을. 이런 건 작전을 입안한 자네가 설명해야지."

이것이법이다

확실히 노형진이 입안한 작전인 만큼 그 작전에 대해서 가장 잘 아는 것은 노형진이었다.

"일단 여러분들이 아셔야 할 게 있습니다."

"뭡니까?"

"이런 학교가 여기만 있는 게 아니라는 겁니다."

"네?"

"그게 무슨 말이에요?"

다들 어리둥절한 얼굴이 되었다. 여기만 있는 게 아니라니?

"만구파에서 운영하는 여기 평광고등학교 말고도 스무 곳이 더 있습니다."

노형진이 차근차근 말하자 그 말을 들은 사람들은 당혹스러운 얼굴이 되었다.

"결과적으로 그들은 교육을 위해 학교를 운영하는 게 아니라 노예의 수급을 위해 운영한다고 봐야 합니다."

"그게 말이 됩니까!"

"됩니다. 여러분들도 당하셨잖습니까?"

"……."

사람들은 아무런 말도 하지 못했다. 자신들도 똑같이 당했는데 다른 지역에 다른 학교가 있지 말라는 법은 없다.

"그럼 도대체 왜 못 나오는 거요?"

"네?"

"피해자가 8천 명이라며! 그 안에서 왜 도대체 못 나오는 거냐고! 그 정도면 힘으로라도 나올 수 있지 않소!"

"세뇌의 힘을 생각보다 강합니다. 그곳에서 과연 그런 세뇌 과정을 멈출까요? 그럴 리 없습니다. 물론 일부는 정신을 차렸을 수도 있지요. 하지만 그렇다고 해도 주변의 대부분은 만구파 신도입니다. 더군다나 그들은 나가지 못하도록 끊임없이 감시하고 있을 가능성이 높습니다."

"음……."

누구에게도 도움을 청할 수 없고, 누구에게도 말할 수 없다. 끊임없이 감시당하며 끊임없이 착취당한다.

'완전히 북한과 똑같네.'

종교라는 이름을 뒤집어썼을 뿐, 그들은 종교가 아닌 공산주의였다. 그것도 상위 몇 명만 잘 먹고 잘사는 북한식 공산주의.

"그렇기 때문에 여러분들의 도움이 필요한 겁니다."

"도움?"

"그렇습니다. 저희는 만구파에서 생산하는 많은 물건을 알아냈습니다. 그들은 티를 내려고 하지 않았습니다만 다행히 상당수 알아내는 데에 성공했지요."

"지금 물건이 중요해요? 불매운동이라도 하자는 거요!"

"그게 아닙니다. 그 모든 물건들은 경쟁사의 물건에 비해서 터무니없이 싸지요. 무슨 뜻인지 알겠습니까? 누군가를 노예로 쓰면서 막대한 수익을 내고 있다는 뜻이지요."

이것이 법이다

"그럼?"

"네, 물건을 만드는 곳을 찾으면 아이들을 찾을 수도 있을 겁니다. 다만 저희는 그렇게 인원이 많지 않습니다. 또한 그 모든 곳을 감시할 능력도 되지 않습니다. 그곳에 접근할 수도 없고요."

"······."

노형진의 계획은 간단하다. 그들의 도움을 받아 공장의 실체를 얻어 내는 것이다. 그리고 그 후에 그곳에서 사람들을 구해 내는 것이다.

"여러분들이 도와주지 않는다면 우리는 그들을 찾을 수도, 도와줄 수도 없습니다. 지금부터 비밀리에 피해자들을 모아 주십시오. 그들을 찾는 순간 우리는 바로 그들을 구할 것입니다."

그렇게 노형진은 첫 계획 소송을 시작하기로 했다.

노예제도가 사라졌다고 생각하나

"비상사태나 마찬가지군."

남상주는 분주하게 돌아가는 사무실을 보고 혀를 내둘렀다.

"비상사태나 마찬가지가 아니라 비상사태죠."

8천 명이 넘는 사람들이 비밀리에 노예로 잡혀 있다. 그들은 외부와 단절된 채로 착취당하고 있을 게 뻔하다.

"피해자들은 얼마나 모였습니까?"

"빠르게 모이고 있습니다. 연락처가 확보되지 않은 부분들도 있어서요. 하지만 비슷한 시기에 실종되거나 만구파에 투신한다고 간 아이들의 가족들 중 80%는 모았습니다."

"그 정도면 충분하기는 하지만 최대한 빨리 찾아보십시오. 한 명이라도 더 찾아야 합니다."

"알겠습니다."

사람들이 분주하게 움직이는 것을 보면서 송정한은 고개를 갸웃했다.

"그런데 왜 이런 식으로 조용히 움직이는 건가? 일단 소송을 들어가면 안 되나?"

"그들을 찾기 전에는 안 됩니다. 만구파 같은 조직은 끈질깁니다. 그리고 그 아래에는 신도라는 이름으로 착취하는 노예들이 있지요. 절대로 빼앗기지 않으려고 할 겁니다."

"그럼?"

"네, 소송이 들어가는 순간 그들을 다른 곳으로 옮길 가능성이 높습니다. 물건을 잠시 공급하지 못하는 것이 노예들을 다 빼앗기는 것보다는 나으니까요."

"흠……."

"그런가?"

"네."

실제로 노형진은 미국에서 이와 비슷한 사건을 본 적이 있었다. 물론 이것처럼 치밀하게 한 게 아니었지만 특정 집단에 노예처럼 사람들이 사육되었다.

결국 소송해서 이겼지만 그들은 사람들을 풀어 주지 않아 경찰이 그곳에 들이닥쳤을 때는 이미 사람들은 다른 곳으로 옮겨지고 없었다.

'결국에는 찾지 못했지.'

그 사람들은 결국 찾지 못했다.

노예로 계속 일했을까?

애석하게도 그러지 못했다.

한국과 다르게 미국은 이런 비정상적 사이비 종교에 대해서 아주 강한 처벌을 한다. 즉, 그들이 갈 곳이 없을 만큼 완벽하게 정리했다는 뜻이다. 그런데도 그들은 아무 곳에도 없었다.

'그리고 그게 문제였지.'

법에 대해 말하는 유명한 격언이 하나 있다.

시체가 없으면 살인도 없다.

노예로 잡혀 있던 사람들이 사라지고 그 시체는 없었기 때문에 관련된 자들은 살인이 아닌 다른 죄목으로 처벌받았고, 결국 형기를 마치고 나왔다. 하지만 그 누구도 그들이 살아 있을 거라 생각하지 않았다.

'그 일이 다시 일어나게 만들면 안 돼.'

물론 여기는 미국이 아니라 한국이다. 하지만 만구파는 한 번 비슷한 행동을 한 적이 있다. 숫자가 많다고 하지만 그들이 그 행동을 다시 반복하라는 법은 없다.

"일단은 그들의 위치를 확인하는 것이 우선입니다. 그 후 어디로 가는지 알아내야 합니다."

"그래서 만구파에서 나오는 물건들을 확인하라고 한 거군."

"네, 그래야 공장이 어디 있는지 알 수 있으니까요. 공장이 있는 곳에 그들이 있을 테니까요."

물론 인터넷 홈페이지나 물건에 생산 공장의 주소가 적혀 있다. 하지만 노형진이 확인해 본 결과, 그 모든 주소는 가짜였다. 뜬금없는 허허벌판이나 다리 위나 심지어 강바닥인 경우도 있었다.

'드러낼 생각이 없다는 거지.'

그래서 노형진은 피해자 가족들을 모아 전국으로 퍼트렸다. 그리고 그들이 납품하는 차량을 역으로 추적하는 중이었다.

"일단 공장을 찾으면 그때 그곳을 감시하면서 소송에 들어가야 합니다."

"이거참, 나라가 뒤집히겠군."

"그렇겠지요."

학교란 공간은 학생들에게 삶에 필요한 지식을 가르치는 공간이지, 노예를 만드는 공간이 아니다.

'그런데 언제부터인가 이상해졌어.'

학교에서 가르치는 것은 충실한 노예가 되기 위한 지식들이다. 지식의 전당이라고 하는 대학에서 최고의 명예는 취업률이며 최고의 찬사는 전원 취업했다는 말이다. 그러면서 한국은 노벨상 수상자가 나오지 않는다고 한탄한다.

사실 철학과나 인문학 쪽은 취업과는 거리가 좀 있는 것이 사실이다. 하지만 그건 장차 나라를 발전시키는 토양이 된다.

'그런데 그걸 무시하지.'

하지만 정부에서는 그게 취업에 도움이 되지 않는다고 무조건 없애라고 한다. 결국 이 나라에서 요구하는 건 학생이 아닌 노예일지도 모른다는 씁쓸한 현실의 반영이었다.

"일단 장소는 찾겠지만 말이야, 그 안에 있는 사람들을 어떻게 찾을 건가? 엄밀하게 말하면 그곳은 사유지일세. 저쪽에서 들어오지 못하게 하면 들어갈 수 없어."

"그렇지요."

"그냥 무작정 들어가서 끌어내면 안 될까요? 피해자들이 많으니 가족들이 모이면 상당한 숫자가 될 텐데?"

손예은은 남상주의 걱정에 대한 나름대로의 해결 방법을 제시했다.

"이런 무단 침입의 경우에는 결국 벌금 얼마 정도밖에 나오지 않으니 그게 좋을 것 같은데요?"

설령 그보다 더한 것이 나온다고 하더라도 가족들은 그의 아이들을 꺼내려고 할 것이다.

하지만 그에 대해서 노형진은 부정적이었다.

"아마 무리일 겁니다."

"무리?"

"공장이라고 해서 그냥 대로변에 있는 곳이 아닐 겁니다. 그랬다면 벌써 오래전에 발견되었겠지요. 아마 자기들 영역에 있는 깊숙한 곳에 있는 곳일 겁니다. 당연히 접근하기도 쉽지 않을 테구요."

"음……."

"그리고 다른 문제는 그들은 세뇌 상태라는 겁니다. 그들이 세뇌된 상황에서 강제로 끌어내면 그건 납치입니다."

"일부 아닌 사람도 있을 수 있잖아요?"

"그럴 수도 있지요. 하지만 그건 말 그대로 일부일 겁니다. 이탈을 막기 위해서라도 만구파에서는 지속적으로 세뇌 작업을 했을 테니까요. 그러면 타초경사의 우를 범할 수 있습니다."

세뇌가 풀린 일부는 구할 수 있지만 세뇌가 풀리지 않은 대부분은 다시 그들과 어디론가 사라질 것이다. 그때는 또다시 추적해야 하는데 한번 추적당한 만구파에서 그걸 그리 쉽게 넘겨주려 하지는 않을 것이다.

"결국 구하려면 한 번에 해야 합니다."

"하지만 무슨 수로?"

"법적인 허점을 이용해야지요."

"법적인 허점?"

"네, 이런 말 들어 보셨습니까? 종교는 인민의 아편이다."

"아편?"

고개를 갸웃하는 사람들이었다.

"이번 경우는 진짜 아편인 셈이지요. 후후후."

⚖

"이게 무슨……."

법원에서는 엄청난 양의 서류에 깜짝 놀랐다.

"이걸 다 처리해 달라고요?"

"네."

"지금 농담하세요?"

"농담 아닙니다."

노형진이 가지고 간 것은 8천 명분의 금치산자 신청 서류였다.

금치산자란 말 그대로 이 사람이 정신적으로나 육체적으로 문제가 있어서 사회생활이 불가능하므로 그들의 법적인 권리를 정지시키고 가족들이나 그 대리인이 보호해야 한다는 뜻이다.

"사유가…… 종교?"

"네."

"음…… 그래도 증거도 없이는 좀 그런데요? 아무리 종교가 만구파라고 해도 무조건 금치산이 될 수는 없습니다."

법원 직원은 단호하게 선을 그었다.

"이 경우는 될 겁니다."

"되다니요? 그럴 리 없지 않습니까?"

"가끔은 법보다 더 위에 있는 것도 있거든요."

"이봐요, 변호사가 그런 소리를 하면 안 되지요."

접수 직원이 노형진에게 막 한 소리를 하려는 찰나, 안에서 한 사람이 나오면서 그런 그의 말을 막았다.

"그거 통과시켜."

"네? 하지만 과장님!"

"거참, 말 많네. 통과시키라면 통과시켜."

"이거 나중에 문제 될 겁니다."

"그건 네가 책임지냐, 내가 책임지냐?"

직원은 움찔했다. 그도, 과장도 아닌 위에서 책임진다는 뜻이다. 이는 즉, 이 일에는 윗선이 개입되어 있다는 얘기가 된다.

"어떻습니까?"

"크흠……."

직원은 묘한 표정이 되어서 노형진을 바라보았다.

'하긴…… 법을 지키지 않는 게 가진 놈들인데 변호사라고 뭐 다르겠어?'

법이 최우선이라고 하지만 그건 어디까지 없는 사람들 이야기다.

"네, 네. 그나저나 이거 접수하려면 하루 종일 걸리겠네요."

결국 그는 현실에 승복하고 접수 도장을 쾅쾅 찍어 대기 시작했다.

그걸 다 볼 이유가 없었던 노형진은 그걸 확인하고는 접수처 안에서 나왔다. 그러다가 마침 안에서 나오는 사람을 보고 미소를 지었다.

"여, 반가워."

"반갑다고 하기는 그렇군."

남상진은 뚱한 표정으로 노형진을 바라보았다.

"네놈과는 악연으로 시작된 것 같은데 말이지."

"뭐, 영원한 적은 없다고 해 두지."

남상진은 노형진과 군대에서 로비스트와 그걸 추적하는 검찰관으로 만난 적이 있었다. 거의 꼬투리가 잡았다고 생각하는 그 순간 정부, 아니 위쪽에서는 그걸 차단하기 위해 노형진을 제대시켜 버리는 바람에 제대로 그 악연의 끝을 끝내지는 못했지만 말이다.

"네놈은 로비스트를 싫어하지 않았나?"

"엄밀하게 말하면 로비가 싫은 게 아니야. 나도 로비가 필요하다는 융통성 정도는 있다고. 하지만 누군가를 구하는 로비와 누군가에게 피해를 주는 로비는 전혀 다르거든."

"이번은 전자라 이건가?"

"그렇지."

군대의 경우는 로비해서 낮은 품질의 물건이 들어가면 그건 군인 개인뿐만 아니라 나라 미래의 문제가 될 수 있다. 가령 전차 부품이 들어갔는데 불량이라 전쟁 중에 전차가 멈춰 버리면 나라가 망할 수도 있는 것이다.

"하지만 이건 아니지."

로비를 위해 부모들이 모아서 낸 돈. 그 돈은 적지 않았다. 그 돈으로 적당하게 로비하면 그곳에 잡혀 있는 아이들을 당분간 금치산자로 만들 수 있다.

'그렇게 되면 납치가 성립되지 않는단 말이지.'

그냥 들어가면 경찰이 와서 방해하겠지만 이번 일 같은 경우는 도리어 경찰의 도움을 받아서 들어갈 수 있게 된다. 대리인으로서 아무리 남에게 의탁하고 있다고 해도 면담 교섭권이 있기 때문이다. 그리고 만구파가 그걸 막으면 그건 법정대리인의 의도에 반해 감금되어 버린다.

"그나저나 판사님들께서는 뭐라고 하시던가?"

"알 필요가 있나?"

남상진의 말에 노형진은 피식 웃었다.

"그럴 필요는 없을 것 같네."

8천 건이나 되는 서류의 접수가 승인되었다는 것은 더 이상 말할 필요도 없다는 뜻이다.

"그럼 난 이만 가지."

"오랜만에 만났는데 식사라도 하지그래?"

"흥."

남상진은 코웃음을 치면서 뒤도 안 돌아보고 가 버렸다. 그러자 그걸 본 김성식은 쓴웃음을 지었다.

"여전하구만."

"저 사람을 아시나요?"

"알다 뿐이겠는가."

"하긴 그러네요."

다른 사람도 아니고 대검찰청 중수부장쯤 되는 사람한테 로비스트가 안 갈 리 없으니까.

"직업은 마음에 안 들지만 능력은 있는 사내야."

"그렇지요."

그냥 차갑기만 한 녀석이었다면 로비스트로서 성공하지 못했을 것이다. 어떻게 보면 노형진만큼이나 가면을 잘 써야 하는 것이 로비스트라는 직업이다.

"거참…… 부장일 때도 안 만났던 로비스트를 만나야 하다니."

여전히 로비스트라는 존재를 좋아하지 않는 김성식은 마음에 들지 않는 모양이지만 말이다.

"어쩔 수 없습니다. 변호사는 결국 승리라는 목표로 말하는 것이니까요. 단순히 의뢰비 얼마 받았다고 그다음을 나 몰라라 하는 것은 안 된다고 생각합니다."

"쩝……."

노형진의 말에 김성식은 왠지 아쉽다는 생각을 하면서 입맛을 다실 뿐이었다.

⚖

"드디어 모두 찾았습니다."

얼마 후 사람들에게서 속속 들어오는 소식. 그걸 정리하자 만구파가 가진 공장의 위치가 드러났다.

"전국에 있군요."

"네, 전국에 총 여덟 개의 공장이 있습니다. 대부분 산속 깊은 곳에 있고 나오는 통로는 하나뿐입니다."

학부모들은 아이를 찾겠다는 일념 하나로 집요하게 배달 트럭 같은 것을 따라다녔고, 그게 불가능할 경우에는 차 번호라도 적어 두면서 그들을 추적했다.

그 결과, 만구파의 공장이 전국에 총 여덟 개가 있다는 정보를 얻을 수 있었다.

"아마도 주변에서 온 아이들을 넣을 테죠."

"그렇겠지요."

"일단은 주변 부모님들을 모아서 가야겠군요."

고문학의 말에 노형진은 계획을 짜기 시작했다.

"장소를 알았으니 이제 들어가는 일만 남았습니다. 재판은 어떻게 되어 가고 있습니까?"

"모두 궐석재판으로 이루어지고 있습니다."

"그렇겠지요."

금치산자 신청은 당사자가 와서 면담하고 정상 여부를 보여 줘야만 가능하다. 물론 만구파에서 그들을 보내 줄 리 없으니 그들은 오지 않았다. 하지만 이쪽에 그들이 종교에 빠져서 제정신이 아니라는 증거는 넘쳐 궐석재판, 즉 당사자가 없는 재판으로 모두 처리된 것이다.

"조만간 모두 끝날 겁니다."

"하긴 당사자가 출석을 거부했으니까요."

더군다나 이런 종교적인 문제는 당사자가 광신을 이유로 금치산을 받는 것인데 그걸 와서 적극적으로 반박하지 않으면 자신이 광신도라는 증명이 될 뿐이었다.

"일단 이 정도는 되겠는데……. 그다음은 어떻게 해야 하나?"

금치산자를 받았다고 해도 결국은 저들의 손아귀에 있는 것은 사실.

"압니다. 하지만 이럴 때 쓸 만한 자들이 있지요. 안 그래도 요즘 그쪽은 배가 고파서 죽을 맛일 겁니다."

"배가 고파서 죽을 맛?"

"네, 후후후."

⚖

얼마 뒤 노형진은 사람들과 함께 아이들이 있는 공장으로 향했다.

동시에 움직이는 것이 중요했기 때문에 엄청난 차량의 물결이 각 도시를 빠져나가서 각 공장으로 향했다. 당연히 그들이 그 공장의 입구에 도착했을 때 그 입구를 지키던 신도들은 그걸 보고 움찔할 수밖에 없었다.

"뭐야?"

"아니, 이게 무슨 일이야?"

척 봐도 수백 대가 넘는 차량에서 사람들이 쏟아져 나오고 사설 구급차들이 몰려와서 입구를 틀어막아 버린 것이다.

"사설 구급차라. 허허허."

김성식은 혀를 내둘렀다. 노형진이 정신병원에 들어간 사람들을 구하기 시작하면서 사설 구급차들은 생각보다 돈이 안 되는 상황에서 힘들어하고 있었다. 그런 상황에서 이런 큰 건은 포기하기 쉽지 않았을 것이다.

"하긴 이 사람들이라면 저런 광신도들 신경 쓰지 않으니까."

노형진의 말대로 그들은 하나같이 우락부락한 사내들이었고 그걸 본 경비들은 자신도 모르게 꼬리를 말 수밖에 없었다.

"이게 뭐야?"

"뭡니까!"

경비를 보던 신도들 중 몇 명이 앞으로 나섰다. 노형진은 그들을 보면서 전화기를 들었다.

"접니다. 이쪽은 도착했습니다. 그쪽은 어떤가요?"

"이쪽도 도착했네. 다른 곳에서도 모두 도착했다는 보고가 들어왔네."

"그러면 이제 시작해야겠군요."

"그래도 될 것 같군."

송정한의 목소리에 노형진은 드디어 마지막 정리를 할 시간이 되었다는 걸 느꼈다.

'어쩌면 이게 만구파의 마지막이 될지도 모르겠군.'

만구파가 그렇게 밟아도 밟아도 버틸 수 있었던 것은 저 노예들에게서 나오는 막대한 돈 때문이다.

　그러나 이제 저들이 풀려나면 만구파는 버틸 돈을 벌 수가 없다. 벌어 둔 돈이 있을지는 모르겠지만 노형진은 저들에게 임금 소송까지 할 생각이었다. 그렇게 된다면 아마 저들이 벌어 둔 돈도 적지 않게 줄어들 게 뻔했다.

　"들어가겠습니다."

　"우리도 들어가겠네. 행운을 비네."

　모두 도착했다는 사실을 확인한 노형진은 앞으로 나서서 경비들에게 다가갔다.

　'이렇게 해 두면 다른 곳으로 튀지는 못하겠지?'

　저들은 노예들이 도망갈까 봐 입구를 하나밖에 만들지 않았다. 그러니 도망가지는 못할 것이다. 물론 산 쪽으로 도망치면 대책이 없겠지만 노형진은 그때까지 기다릴 생각이 없었다.

　"아이들을 만나러 왔습니다."

　"아이들을 만나러 오다니?"

　"이들은 아이들의 법정대리인으로서 그 일신상의 모든 책임을 지는 분들입니다. 그분들은 아이들의 상태를 확인하려고 합니다."

　"웃기는 소리."

　"웃기는 소리가 아닌데요?"

노형진은 그들에게 당당하게 법원에서 나온 명령서를 내밀었다. 그리고 그걸 본 경비들은 당황한 눈빛이었다.

"열어 주시죠."

"여기는 사유재산이야!"

"압니다. 그래서 경찰분들도 불렀죠."

"경찰?"

그제야 뒤에서 스윽 나타나는 경찰. 그들은 그들에게 한 서류를 내밀었다.

"영장입니다."

"아니, 왜 영장을 내밀어요?"

"이분들이 감금으로 고발하셨어요. 그러니 문 여세요."

"감금?"

"네."

가족들은 법정대리인이다. 그리고 가족들이 감금되어 있다고 신고하면 법원에서는 영장을 내줄 수밖에 없다. 더군다나 이걸 위해 막대한 돈을 들여 로비까지 한 상태가 아닌가?

"문 여세요. 일 크게 만들지 말고."

경찰들은 뒤에서 기세등등하게 버티고 있는 피해자 가족들의 등쌀을 느끼면서 빨리 열라고 재촉했다.

"어어……."

경비들은 당황해서 눈치를 보기 시작했다. 그러다가 그중 몇몇이 안쪽으로 들어가서 통화하는 듯하더니 다시 나왔다.

이것이 법이다

그러고는 그대로 버티기 시작했다.

"안 됩니다. 여기는 성지요. 공권력이 통하는 공간이 아니란 말이지."

"뭐요?"

"종교 시설에 공권력을 밀어 넣으면 어떻게 되는지 알지? 이거 종교 탄압이야! 종교 탄압!"

버티면서 악을 쓰는 신도들. 노형진은 그들의 속셈을 어렵지 않게 알 수 있었다.

'빼돌리려고 하는군.'

척 보면 척이라고 해야 하나? 저들의 행동이 아이들을 빼돌리기 위해 시간을 끌려고 한다는 것을 알아채는 건 어려운 일이 아니었다.

하긴 그들도 알 것이다. 그 아이들, 아니 만구파의 입장에서는 노예들이 얼마나 중요한지 말이다.

'내가 너희 머리 꼭대기 위에 있다, 이 새끼들아.'

노형진은 뒤를 보면서 슬쩍 눈짓했다. 그러자 노형진의 뒤에 있던 정우찬은 고개를 끄덕거리더니 무심한 눈빛으로 뒤로 물러났다.

"문 열어!"

"문 열라고!"

"너, 내 손에 죽고 싶냐!"

다행히 격앙된 가족들이 주변으로 몰려들면서 마구 소리

를 지르고 있어 그런 그의 행동은 눈에 보이지 않았다.

"몰라! 배 째!"

"여기는 성지야! 이단들은 못 들어가!"

"꺼져, 이 이단 새끼들아!"

하지만 경비를 담당하는 신도들은 문을 안쪽에서 걸어 잠근 채로 그냥 버티고 있을 뿐이었다.

"경찰 아저씨! 뭐라고 해 봐!"

"이거야 원······."

경찰도 난감한 입장이었다. 법원의 명령이 있으니 들어갈 수는 있지만 저쪽에서 버티는 이상 들어가는 게 쉽지 않았기 때문이다.

"일단은 대화로 한번 해 보죠."

그들은 명백하게 발을 빼는 듯한 말을 하면서 시간을 끌어 보려고 했다.

그때였다.

부아앙!

바로 뒤에서 들리는 요란한 소리에 사람들의 시선이 그쪽으로 향했다. 그러고는 다들 눈이 커지더니 사방으로 뛰기 시작했다.

"으아아악!"

"씨발, 뭐야!"

뒤쪽에 있던 4톤 트럭 하나가 갑자기 속력을 올리면서 문으로 달려오기 시작한 것이다.

"어어?"

빠른 속력은 아니었기에 사람들이 위험한 건 아니었다. 피할 수 있는 시간은 충분했다. 그리고 그런 행동에 사람들은 이유를 알고 환호성을 내질렀다.

"만세!"

"밀어 버려!"

"부숴 버려요!"

정우찬은 천천히 문으로 차를 몰았다.

"어어어……? 씨발……!"

신도들은 막으려고 했지만 작은 차도 아니고 4톤 트럭이다. 그걸 막을 수 있는 수단이 있을 리 없었다.

부아앙!

정우찬은 위협적으로 소리를 내면서 문을 천천히 밀기 시작했다.

사실 문이라고 해 봐야 그냥 흔하게 볼 수 있는 철로 된 문이라 4톤 트럭을 막을 수 있는 힘이 있을 리 없었다.

콰지직.

결국 철문은 제대로 저항도 못 해 보고 그대로 부서졌고 신도들은 그것에 깔릴까 봐 허둥지둥 그곳에서 벗어났다.

'까짓 벌금 내지, 뭐.'

일단 불법 침입은 아니다. 영장이 있으니까.

이런 경우 내는 것은 기껏해야 재물 손괴로 인한 손해배상

정도? 그리고 재물 손괴 처벌로 벌금 얼마 정도다. 그런데 사람 죽이는 것도 두려워하지 않는 정우찬이 그런 걸 두려워할 리 없다.

더군다나 그건 그냥 업무비 차원에서 회사에서 내주면 그만이다.

"열렸다!"

"들어가자!"

문이 부서지고 앞으로 가로막는 사람들이 도망가자 4톤 트럭은 속력을 내기 시작했고, 가족들과 사설 구급차 운전사들은 부랴부랴 차에 시동을 걸고는 그 뒤를 따라가기 시작했다.

"접니다. 들어왔습니다. 그쪽은 어떤가요?"

노형진은 차를 타고 들어가면서 남상주에게 전화를 걸었다.

"여기도 부수고 있네. 자네 말대로군. 버티면서 안 열어 줘."

"노예들을 빼돌릴 시간을 벌기 위해서일 겁니다. 부수고 들어가세요. 이쪽에서 부수었으니 사방으로 소식이 갈 겁니다. 다른 곳에 전화해서 아직 들어가지 못한 곳이 있으면 강행 돌파해 달라고 전해 주세요."

"알았네."

노형진이 미리 준비된 라인으로 빠르게 소식을 전하면서 지시하자, 사람들은 한꺼번에 안으로 밀고 들어가기 시작했다.

"막아라!"

"저거 막아!"

그렇게 달려가는 순간에도 길목마다 튀어나오는 신도들.

'치밀하군.'

노형진은 그들을 보면서 혀를 내둘렀다. 입구만 막은 게 아니라 군데군데 초소를 설치하고 철저하게 감시해 누구도 나가지 못하게 하는 구조였다.

'이거참…… 기가 막히는군.'

단순히 만구파 학교에서 신도를 늘리기 위해 학교를 지은 줄 알았더니 파고들수록 터무니없는 일이었다. 노예라니.

끼이익!

그 순간 앞에서 들리는 파열음. 4톤 트럭이 멈춘 것이다. 그곳은 지금까지 들어온 도로와 다르게 넓은 주차장과 몇 채의 건물로 이루어진 공간이었다.

"공장이다!"

그리고 몇몇은 그곳에서 자신들이 추적했던 짐차들을 발견할 수 있었다.

"들어가자!"

우르르 몰려가는 사람들. 그리고 안쪽에 있던 신도들은 그걸 보고 사색이 되었다.

"이런 씨발!"

그들은 막 아이들을 끌고 공장에서 나오려던 참이었다. 하지만 몰려드는 사람들을 보고 사색이 되어 다시 들어가기 시작했다. 그때 그 짧은 순간 아이들의 모습을 본 부모들의 눈이 뒤집혔다.

"이런 개새끼들!"

"저 씹 쌔끼들! 죽여 버릴 거야!"

제대로 씻지도 못해 꼬질꼬질한 모습에 옷인지 누더기인지 알 수도 없는 걸 입고 피죽만 먹고 살았는지 바짝 마른 모습.

그 모든 게 한 종교를 믿고 들어갔다고 보기에는 너무 어울리지 않는 모습이었다. 그 상황에서 한 아이의 비명이 사람들을 폭발시켰다.

"어? 엄마? 엄마! 엄마! 나 여기 있어! 엄마! 나 좀 구해 줘!"

엄마를 알아본 어떤 여학생의 절규.

딸의 목소리를 알아들은 엄마는 그쪽으로 고개를 돌렸다가 충격으로 주저앉았다. 귀엽던 딸의 모습은 온 데 간 데 없이 꼬질꼬질한 노예의 모습이었던 것이다.

하지만 더 큰 문제는 마른 몸에 비해서 남산처럼 부풀어 오른 배였다. 이런 경우에 생각할 수 있는 것은 하나뿐이었다.

"순심아!"

"엄마!"

"이런 씨발……. 야, 밀어 넣어! 문 잠가!"

만구파의 신도들은 다급하게 신도들을 안으로 밀어 넣고는 문을 잠갔다. 그러자 사람들이 구하러 왔다는 사실을 알아챈 아이들은 비명을 질러 대기 시작했다.

이것이 힘이다

"살려 주세요! 여기서 꺼내 주세요!"

"집에 가고 싶어요! 엉엉."

"닥쳐! 저들은 이단이야! 저들과 함께 지옥에 가고 싶어?"

사람들은 건물로 몰려들었지만 건물로 들어갈 수가 없었다. 문은 잠겼고 작은 창문들은 죄다 쇠창살로 막혀 있었던 것이다.

"차로 부술까요?"

"위험합니다."

문만 있는 게 아니니 차로 밀어붙였다가는 안에 있는 아이들까지 다칠지도 모른다.

"그럼 어떻게 할까요?"

극도로 흥분한 부모들은 길길이 날뛰고 있었고 다른 사람들은 그들을 진정시키느라고 진땀을 빼고 있었다.

"경찰 아저씨."

"뭐야!"

피해자 부모들에게 반쯤은 쥐어뜯기면서 그들을 진정시키려고 하던 경찰이 순간적으로 버럭 소리를 질렀지만 노형진을 알아보고는 다시 조용해졌다.

"허공에 공포탄 좀 쏴 주세요."

"뭐라고요?"

"공포탄 좀 쏴 달라고요."

"하지만……."

"이 상황에서 저 문이 열리면 몇 명 죽는 거 아시죠?"

"……."

맞는 말이다. 부모들은 극도로 흥분한 상태다. 만일 문이 열리면 만구파 신도들은 끌려 나와서 맞아 죽어도 이상하지 않았다.

"총 쏘고 보고하실래요, 아니면 죽는 거 구경하고 징계를 받으실래요?"

"끄응……."

결국 경찰은 노형진의 말이 맞다는 사실을 인정하고 허공에 대고 공포탄을 쏘았다.

탕탕!

지금까지와는 다른 총소리가 들리자 그쪽으로 몰리는 사람들의 시선.

그 시선이 워낙 불같아서 경찰은 찔끔했지만 다행히도 그런 경찰 앞으로 노형진이 나섰다.

"이런다고 해결되는 건 아닙니다. 절 믿어 달라고 말씀드렸지요? 여기까지 모시고 왔으니 아이들을 구할 겁니다. 그런데 아이들을 구하고 살인죄로 다시 헤어지고 싶으십니까?"

사람들은 잠시 웅성거리다가 그나마 조금 진정된 듯싶었다.

"하지만 저 안에 있는 이상 들어갈 수가 없지 않소!"

문은 잠겼고, 그들은 농성을 할 태세였다.

"뭐, 일견 그렇지요."

"일견?"

"그런데 그거 아십니까, 고정관념이란 무서운 거?"

"고정관념?"

"문이 없으면 문을 만들면 되죠."

"무슨 소리요?"

다들 이해하지 못하는 사이에 노형진은 사람들의 시선을 받으면서 한구석으로 갔다. 거기에는 만구파에서 쓰던 대형 망치, 통칭 '오함마'가 놓여 있었다.

"문이 튼튼하다고 다 튼튼한 건 아니거든요."

"그게 무슨······."

노형진은 대답하는 대신 그걸 휘둘러 벽을 내리쳤다. 그러자 '푸석' 하는 소리와 함께 벽이 그대로 무너져 내렸다.

"헐?"

"이건?"

"속이 빈 콘크리트식 벽돌입니다."

노형진은 주변을 가리켰다.

사방에 쌓여 있는 속이 빈 회색의 커다란 벽돌들.

그건 건물을 만들고 남겨 둔 것이 분명했다.

"그리고 그건 생각보다 내구도가 약하죠."

이 벽돌은 내구도가 적색 벽돌에 비해서 많이 약하다. 안이 비어 있다면 더욱 그렇다. 당연히 속이 비어 있으니 단열이니 외풍 방지니 하는 건 꿈도 꾸지 못한다. 그럼에도 쓰는 이유는 싸기 때문이다.

"이런 건."

다시 한 번 오함마를 휘두르는 노형진. 그리고 그 충격에 박살 나는 벽.

"적당히 두들기면 구멍이 나기 마련이지요."

그걸 본 신도들은 입을 쩍 벌렸고 가족들 중 힘이 좋아 보이는 몇 명이 근처에 놓인 오함마를 들고 다가왔다.

"퉤!"

"안 나와? 오늘 내가 이 건물을 가루로 만들어 버린다."

그러자 그걸 보고 사색이 되는 신도들.

노형진은 그 신도들이 바라보는 창문으로 다가가 그들을 바라보면서 입을 열었다.

"벽 뚫고 들어가면 끌려 나올 겁니다. 문 열고 조용히 나오실래요, 아니면 벽 뚫고 나서 끌려 나오실래요? 후자는 안전을 책임지지 못합니다."

"……."

"싫으면 마시구요."

잠시 후 끼이익 열리는 문. 그리고 그 안에서 아이들이 쏟아져 나오기 시작했다.

"엄마!"

"엉엉!"

"살려 주세요!"

무작정 나오는 아이들과 반대로 그 안에서 나오지 않는 아이들도 있었다.

　노형진은 그 아이들을 보면서 혀를 끌끌 찰 수밖에 없었다.

　"신도군."

　모두가 평등하다?

　그럴 리 없다.

　여기 들어올 때는 똑같을지도 모른다. 하지만 그들의 교리에 순종하고 더 높은 직책으로 올라가는 아이들이 있을 것이다. 그리고 그렇게 되면 수많은 혜택이 따라왔을 것이다. 저 아이들처럼 말이다.

　'확실히 다르군.'

　옷이라고 보기에도 미안할 정도의 누더기를 입은 아이들에 비해 그 녀석들은 제대로 된 옷을 입고 있었고 뼈만 남은 아이들과 다르게 제대로 살이 올라 있었다.

　그들은 신도로서 아이들을 착취하는 위치에 올라간 것이다. 그리고 이들을 감시하는 주축으로 활동했을 것이다.

　'후우.'

　뭔가 잘못되었다는 사실에 입을 다물고 있을 뿐이지, 저들은 이미 만구파의 신도였다.

　"저기, 이런 아이 못 봤니?"

　"우리 아이 좀 찾아보지 않을래?"

　"경수! 경수! 어디 있니!"

사람이 워낙 많다 보니 부모와 아이들은 서로를 찾기 위해서 소리 높여서 서로를 부르고 있었다. 그리고 그 모습을 신도들은 불안한 시선으로 바라볼 뿐이었다.

종교인가? 독재인가?

"우걱우걱."

"진정하고 먹으렴……."

"흑흑."

"켁켁."

어느 정도 시간이 지나자 아이들은 부모를 찾고는 대성통곡을 하기 시작했다.

부모가 이곳에 없는 경우, 노형진과 전 직원이 서로 다른 곳에 있는 사람들과 통화해서 가족들을 찾아다녔고, 그렇게 다른 곳에 아이가 있다는 소식을 들은 가족들은 미친 듯이 달려서 그곳으로 향했다.

"혹시…… 우리 가족은 없나요?"

꼬질꼬질한 모습의 중년.

"성함이?"

"규태입니다. 규태요. 고향은 양양이구요. 나이는 서른한 살입니다."

"서른한 살요?"

"네."

노형진은 얼굴이 절로 찡그려질 수밖에 없었다. 척 봐도 마흔은 훌쩍 넘어 보이는 얼굴이었다.

'고생이 많았구나.'

지금 서른한 살이면 아마도 만구파가 학교 사업을 시작한 초기에 들어온 사람들일 것이다.

노형진은 명부를 확인하다가 고개를 흔들었다.

"죄송합니다."

"아……."

여기 많은 가족들이 왔지만 모든 사람들의 가족이 온 것은 아니다. 찾기를 포기한 가족들도 있었고 연락이 닿지 않은 가족들도 있었다.

"명부에는 없네요."

"그……래요……."

힘없이 멀어지는 그를 보면서 김성식은 혀를 끌끌 찰 수밖에 없었다.

"이거…… 다 이긴 싸움인데 기분 좋은 승리는 아니군."

"변호사라는 게 그런 겁니다."

"그런가? 그나저나 왠지 씁쓸하군. 이런 건 검사가 해야 하는 거 아닌가?"

무려 수천 명이 노예로 잡혀 있는 사건이다. 그러니 응당 경찰이나 검찰 같은 국가조직에서 나서서 해결해야 하는 사건이다. 그런데 정작 그들은 이런 것도 모르고 있었다.

"경찰과 검찰은 규칙에 묶여 있으니까요. 들어오는 사건을 담당하지, 사건을 찾지는 않습니다. 그래서 제가 기획 소송을 하겠다고 한 거지요."

"그런 거였나."

기획 소송은 감춰진 사건을 찾아내고 그 사건을 해결하며 피해자를 구제한다. 다른 변호사들처럼 자신들의 품격을 깎는 게 아닌 변호사 본연의 행위에 가장 가까운 행동인 것이다.

"그런가? 후우…… 그나저나 이 망할 놈들을 어째야 하는지."

김성식은 한구석에 있는 신도들을 보면서 이를 빠드득 갈았다. 그는 동생이 염전 노예로 살다가 노형진의 도움으로 구출된 이후로 이런 사건에는 이를 바득바득 갈았다.

"그러게나 말입니다. 일반 신도들은 그렇다 해도……."

아예 처음부터 감시자였던 고위 신도들은 빼도 박도 못하게 나쁜 놈들이다. 문제는 노예로 있다가 그들의 눈에 들어서 승진한 사람들이었다. 그들의 눈에 들기 위해서는 충실한 신심도 필요하겠지만 주위 다른 사람들을 쥐어짜서 실적을 보여 줘야 하는 것도 필요하기 때문이다. 따라서 그들은 피해자임과 동시에 가해자다.

"그들 역시 처벌을 면할 수는 없겠지요."

몇몇 가족들은 자신의 자식이 그런 행동을 했다는 사실에 충격받고 대성통곡하기도 했다.

하지만 어쩔 수가 없다. 그들은 자신의 이득을 위해 범죄를 저질렀으니까.

"켁켁."

"이런, 이런."

노형진은 그렇게 바라보다가 켁켁거리면서 숨을 쉬지 못하는 아이에게 다가갔다.

"괜찮니?"

"켁켁……."

"여기 물 있다."

"켁켁…… 감사합니다."

그 아이의 부모는 다른 곳에 있어서 여기로 오는 중이었다. 그런데 못해도 네 시간은 걸릴 거리였기에 홀로 남아 있었다.

노형진은 그런 피해자들을 위해 주변 식당에서 빵과 우유, 물 등 먹을 수 있는 건 다 쓸어 왔고, 가족들 역시 돈을 들여 그런 것을 사다가 아이들에게 먹이고 있었다.

그렇게 해야 할 정도로 수년 만에 본 아이들은 피골이 상접해 있었던 것이다.

"조금만 기다리렴. 그러면 부모님이 오실 거야."

"네."

"그런데 왜 넌 여기 있는 거니?"

그 아이의 고향은 강원도다. 그런데 왜 여기까지 오게 된 것일까? 기본적으로 신도들은 가장 가까운 공장으로 배치되기 때문이다.

"그게…… 짐을 옮기느라고 차를 타고 왔거든요? 그런데 그 후에 그냥 버려졌어요."

"버려졌다고?"

"네, 그냥 여기서 일하라고."

노예가 아니라 진짜 신도였다면 그럴 수는 없다. 그가 아는 모든 사람들은 그곳에 있었을 테니까.

"그랬구나. 힘들었겠구나."

"아니에요. 그래도 전 여기서 오래 있지는 않았는걸요. 여기 들어온 지 1년밖에 안 됐어요. 여기 온 건 네 달밖에 안되구요. 다른 사람들에 비하면……."

확실히 그 아이는 늦게 들어온 아이다.

"학교에서 배울 때는 여기가 천국인 줄 알았어요, 일한 만큼 주고 자기 노력을 인정하는. 그런데 와 보니까…… 지옥이더라고요."

"그렇지."

그런 그 아이의 어깨를 두들기면서 다독거리는 노형진. 그런데 그다음 순간 노형진은 움찔했다. 손을 타고 들어오는 그 아이의 기억 때문이었다.

"왜 그러세요?"

"아…… 아니다. 그런데 잠깐 뭐 좀 물어보자. 네가 나르던 그 물건 말이다. 어떤 건지 알겠니?"

"모르겠어요. 그냥 나무 상자에 들어 있던 거라."

그 물건이 뭔지 모른다며 고개를 흔드는 아이.

하지만 노형진의 얼굴은 이루 말할 수 없이 딱딱해지고 있었다.

'그럴 리 없는데……. 왜 아이들을……? 아니, 아이들이라서 이용한 건가? 군대에 갔다 온 사람들은 그게 뭔지 알 테니까.'

노형진이 본 그건 나무로 된 상자였다.

물론 나무 상자는 흔하다. 하지만 그 아이의 기억 속에서 본 나무 상자의 내용물은 흔한 게 아니었다.

'총알? 총알이라고? 뭔가 잘못된 건가? 하지만 그거 말고는 저런 형태를 본 적이 없는데?'

사람들은 전쟁터에서 총알을 쓴다고 하면 소위 탄통이라고 하는 쇠로 만든 상자를 생각한다. 하지만 그 쇠로 만든 상자는 전쟁터에서 이동의 편의성을 위해서 개발된 거다. 당연히 그걸로 모조리 납품하면 그 가격이 비싸기 때문에 대부분의 총알은 나무로 된 상자에 무게 단위로 납품된다.

그리고 노형진이 그의 기억에서 본 상자는 자신이 회귀 전 군대에서 몇 번이나 훈련하면서 본 적이 있다. 워낙 그 형태가 특이해 다른 나무 상자와 헷갈릴 수도 없다.

"짐이 그거 말고도 다른 것도 있었니?"

"네? 그거라니요?"

"나무 상자 말이다."

"그거 말고도 여러 가지가 있기는 했어요."

소년이 곰곰이 생각하기 시작하자 그를 통해 기억을 읽어 낸 노형진은 점점 얼굴이 창백해지기 시작했다.

"무기?"

"네."

"지금 농담하나?"

김성식은 노형진의 말에 노형진이 무슨 농담이나 장난을 친다고 생각했다. 그럴 수밖에 없는 게 무기라니?

"농담이나 장난이 아닙니다. 저쪽에 있는 아이와 이야기 했는데 아이가 설명한 형태가 무기 상자와 동일합니다."

"무슨 말도 안 되는 소리야? 아이가 잘못 본 거 아냐?"

"무기 상자는 헷갈릴 수가 없습니다. 다른 것과는 아예 형태가 다르니까요."

"그런가……. 솔직히 난 모르겠네……. 난 군법무관이었
어서……."

하긴 법무관이 탄약상자와 총기 상자를 볼 일이 있겠는가?

하지만 노형진은 회귀 전에는 일반병으로 갔다 왔고 훈련
때만 되면 가장 많이 나르는 짐이 그것이었기에 확실하게 알
고 있었다.

"제가 확실하게 알고 있습니다. 그건 무기 상자입니다."

"그건…… 좀 심각한데? 얼마 정도 옮겼다고 하던가?"

"모르지요. 그것까지는 기억하지 못했습니다. 옮기는 데
에 동원된 아이가 저 아이만 있는 것도 아니고, 또 그때만 옮
긴 것도 아니니까요. 하지만 그 숫자가 적은 것은 아닌 것 같
습니다."

"음……."

김성식은 노형진의 말에 얼굴이 급격하게 어두워졌다. 노
형진과 일한 시간이 긴 건 아니지만 하나는 확실했던 것이
다. 노형진은 농담은 할지언정 이런 걸로 거짓말은 하지 않
는다는 것.

"그런 게 여기 있나?"

"그럴 겁니다. 아이를 데리고 짐을 나른 후에 여기에 일하
도록 했다는 건 다른 곳으로 옮기지 않았다는 소리니까요"

"이거…… 심각한 일인데?"

대한민국은 총기 소유 금지 국가이다. 그런데 흔한 공기총이나 밀수로 들어온 권총도 아닌 군용 소총과 총알이라는 것은 심각한 일이다.

"일단은 우리끼리는 해결할 수 없는 문제인 것 같군. 경찰과 이야기해 보세."

"그러지요."

노형진과 김성식은 경찰에게 말했지만 경찰은 코웃음을 칠 뿐이었다.

"그 애가 잘못 본 겁니다."

"아니라니까요."

그 애가 설명한 게 아니라 노형진이 직접 본 것이다. 당연히 잘못 볼 수가 없다. 하지만 그런 사실을 모르는 경찰은 피식 웃고 말 뿐이었다.

"애초에 민간인이 그 정도 무기를 가지고 있다는 게 말이나 됩니까?"

"모를 일입니다. 미국은 그런 집단들이 워낙 많아서요."

"거기는 미국이잖아요. 여기는 대한민국입니다. 대한민국에서 군용 소총을 종교 단체가 가진다고요? 이분들이 낮술을 드셨나?"

노형진은 경찰의 말에 이를 빠드득 갈았다.

'망할 놈, 아까 그 일이 마음에 안 들었다 이거지.'

보아하니 이 인간은 노형진이 자신에게 총을 쏘라고 명령

한 게 마음에 들지 않았던 모양이다.

'그럼 쏘지를 말던가.'

자기가 생각해도 그게 맞다고 판단돼서 쐈으면 그걸로 끝이지, 그걸 또 마음에 안 든다고 모른 척하다니.

"진짜 확신합니까?"

"네?"

"진짜 확신하느냐고요."

"그거야……."

"이건 심각한 문제입니다. 그쪽에서 확신한다고 하면 우리는 물러나고요. 그런데 이게 나중에 진짜로 드러나면 그쪽에서 책임지는 겁니다."

"그건……."

경찰이나 공무원을 다루는 방법은 간단하다. 모든 게 그의 책임이라고 못 박아 두면 된다. 경찰이나 공무원이 제일 싫어하는 것이 바로 책임이다. 그렇기 때문에 책임질 일이 생기면 어떻게든 벗어나려고 한다.

"만일 이 사실이 진짜로 드러나면 그쪽이 큰일 날 수도 있겠습니다. 만구파라고 의심받을 수도 있고…… 어쩌면 북한의 간첩이라고 오해받을 수도 있겠는데요?"

김성식까지 노형진의 말에 한 숟가락 더 얹자 경찰은 곤혹스러운 얼굴이 되었다.

그럴 수밖에 없는 게 경찰 세계에서 의심이나 내사를 받았다는 사실만으로도 승진에 엄청난 불이익을 당하기 때문이다.

"그에 반해 이게 사실이라면 그쪽의 승진에 큰 도움이 될수도 있겠지요."

"끄응…… 알겠습니다. 알겠어요. 그런데 이런 걸로 영장나올 리 없지 않습니까?"

문제는 그것이다. 경찰이 영장을 신청할 수는 있지만 그걸로 판사가 영장을 줄지는 확실하지 않다.

"그건 좋은 생각이 아닙니다."

"네?"

"만구키드라는 말, 들어 보셨지요?"

"만구키드…… 그러네요."

그 경찰도 들어 본 적이 있다.

만구키드. 한때 인터넷에서 시끄러웠던 단어다. 만구파가키워서 요소요소에 박아 넣은 고위 공무원.

"만일 영장이 신청되면 그쪽에서 그걸 먼저 알 겁니다."

"그럼?"

"진짜로 있다면 그걸 감추겠지요."

"그럼 어쩌라고요?"

"이미 영장이 있지 않습니까?"

"네?"

노형진은 그의 주머니에 꽂혀 있는 영장을 가리켰다. 아까이곳에 들어올 때 쓴 영장이었다.

"이건 그에 대한 영장이 아닌데요?"

"하지만 저들은 알 수가 없죠."

"음…… 그건 엄밀하게 말하면 직권남용인데."

영장이라고 해서 다 똑같은 게 아니다. 수색영장도 있고 압수영장도 있고 체포 영장도 있다.

물론 지금 있는 영장도 기본적으로 수색이 목적이기는 하지만 건물 수색이 아니라 사람을 찾는 데에 목적이 있다. 그리고 사람은 이미 찾았다.

"다 찾은 건 아니잖습니까?"

"다 찾은 건 아니다?"

"네, 여기 없는 사람도 있으니까요."

"그게 무슨 소리요? 그 사람들은 다른 곳에 있겠지."

노형진은 목소리를 낮췄다. 다른 사람에게는 아직까지 알려 주고 싶지 않은 슬픈 소식이기 때문이다.

"이런 곳에서 사망자가 나오지 않을 리 없지요."

"아……."

경찰이 보기에도 아이들은 피골이 상접한 상태였다. 당연히 이런 곳에서 10년 넘게 강제 노역에 시달렸다면 한 명이라도 사망자가 나오지 않을 수가 없다. 제대로 된 치료 역시 받지 못했을 테니 말이다.

"우리는 공식적으로는 그들을 찾는 겁니다."

"음……."

"어차피 징계라고 해 봐야 잘해 봐야 감봉입니다. 큰 직권 남용은 아니잖습니까? 그냥 안 보이는 가족들이 안타까워서 그런 것뿐인데요."

"크흠……."

"그에 비해 진짜로 무기를 찾으면 어떻겠습니까?"

마치 악마의 속삭임처럼 들리는 노형진의 목소리.

경찰은 잠시 고민하다고 뭔가 결심한 듯 했다.

"어이, 김 순경, 여기 차 순경이랑 지켜. 가장 최근에 제대한 사람이 누구지?"

"박 순경이랑 이 순경입니다."

"그럼 그 둘을 불러와. 실종자 수색하러 간다."

"네? 사람들은 다 여기 있는데요?"

"아, 시키는 대로 해. 잔말 많네."

결국 그의 말에 다가오는 경찰. 노형진은 그걸 보면서 미소를 지었다.

⚖️

"실례합니다. 수색 좀 하겠습니다."

경찰이 수색영장을 내밀자 얼굴을 찌푸리면서 뒤로 물러나는 신도들.

"여기는 우리 신도들밖에 없습니다."

"그래요? 하지만 저 바깥에 있는 신도들도 신도인데요?"

"그런 평신도들과 비교하지 마십시오. 우리는 고위 신도입니다."

마치 비교 자체가 짜증스럽다는 듯 얼굴을 찌푸리는 신도들.

"흠……."

노형진은 주변을 둘러보았다. 그저 흔해 빠진 신도 숙소였다. 특이할 것도, 변한 것도 없는 특이한 곳.

"뭐, 관례적인 거니까 이해 좀 해 주십시오."

경찰도 그다지 기대하지 않는지 대충대충 안만 살피는 것 같았다. 하긴 노형진의 감언이설에 속아서 오기는 했지만 진짜로 총기가 있을 거라고는 생각도 하지 않았던 것이다.

"여기가 끝입니다."

"그런가요?"

3층짜리 커다란 건물을 다 살펴봤지만 보이는 것은 아무것도 없었다.

"혹시 지하실이나 창고 같은 거 있습니까?"

"없습니다."

단호하게 말하는 신도 때문에 머쓱하게 고개를 돌리는 경찰. 그걸 본 노형진 역시 나가려고 몸을 돌렸다.

"여기가 마지막 건물입니다. 무기는 개뿔, 아무것도 없잖습니까?"

"어딘가에 있습니다. 분명합니다."

"쓸데없는 시간만 버렸네요."

툴툴거리는 경찰을 보면서 김성식은 한 소리 하려고 했다.

"의심이 가면 경찰이 수색하는 거 기본 아닙니까? 그게 툴툴거릴 문제는 아니죠."

"뭐요?"

"제가 부장검사였던 시절에는 그게 기본으로 알고 있었는데요?"

"무슨 쌍팔년도 이야기요?"

"쌍팔년도가 아니라 몇 달 안 되었습니다. 얼마 전까지만 해도 대검찰청 중수부장이었지요."

경찰은 아무런 말도 못 하고 입을 다물었다. 그렇다는 건 아직까지 내부에 권력과 인맥이 남아 있다는 뜻이니 그런 사람한테 밉보여 봐야 좋은 건 없다.

"하지만 수색해도 보이는 게 없지 않습니까?"

"그건 그런데……."

그래도 지고 싶지는 않았는지 되묻는 경찰의 말에 이번에는 김성식이 할 말을 잊어버렸다.

'내가 잘못 본 건가?'

노형진은 잠깐 생각했지만 고개를 흔들면서 부정적인 감정을 떨쳐 냈다.

'그럴 리 없다.'

분명히 그 아이의 기억에서 탄환 상자와 무기 상자를 봤다.

"일단은 나가서 다른 사람들을 부릅시다."

"네."

결국 나가는 사람들.

노형진은 그들을 따라서 가려다가 뭔가를 발견하고는 그곳으로 향했다.

"어디 가십니까?"

"뭐 좀 보려고요."

"뭘요?"

노형진이 보고 있는 것은 다름 아닌 드럼통으로 된 난로였다. 공사 현장에서 흔하게 쓰는 그것 말이다.

"그게 왜요?"

고개를 갸웃하는 경찰. 노형진도 그걸 보고 무심결에 넘어갈 뻔했으니 그가 알겠는가?

"이런 걸 쓰기에는 날씨가 너무 덥지 않습니까?"

이제 거의 끝나 가는 여름. 그 여름의 마지막 더위가 기승을 부리는 판국에 나무를 때는 드럼통 난로라니?

"그런가요?"

"확실히 더운 날씨지."

더워서 에어컨이 없으면 잠자기도 힘든 게 현실이다. 그런데 난로라니.

"하지만 공사 현장에서는 흔하게 있던데요?"

고개를 갸웃하는 다른 순경.

"그거야 그런 곳에는 뭔가 태워 버릴 게 있으니까요."

그런 곳에서야 그냥 버리는 것보다는 태워서 재를 버리는게 훨씬 부피를 작게 할 수 있으니 이런 난로가 있어도 이상하지 않다. 하지만 여기는 아니다.

"응? 이건?"

노형진이 고개를 숙여서 뭔가를 잡아 올렸다. 그건 끈으로되어 있는 손잡이였다. 질기면서도 딱딱한 느낌의 끈. 그 특유의 재질은 일반적으로 사용되는 것이 아니었다.

"이건 나무 상자용 끈 아닙니까?"

"그런가?"

"어? 맞네요. 이거 보통 군용 나무 상자에 쓰는 끈인데요?그 길이도 딱이고."

제대한 지 얼마 안 된 순경 역시 그걸 알아보고는 입을 열었다. 그 순간 느껴지는 강력한 살기. 그건 미국에서 살면서몇 번이나 겪었던 그 느낌이었다.

노형진은 본능적으로 사람들에게 소리를 질렀다.

"엎드려요!"

엉겁결에 엎드리는 사람들. 하지만 가장 나이가 많았던 경찰은 멀뚱하게 서서 그들을 바라볼 뿐이었다.

그 순간, '퍽' 소리와 함께 튀는 피.

"끄아아악!"

경찰은 비명을 지르면서 쓰러졌다.

"아아악! 내 다리! 내 다리!"

바닥을 데굴데굴 구르면서 비명을 질러 대는 경찰. 그 바람에 두 순경은 정신이 나간 듯 그를 바라보았다.

"반격하세요!"

"네?"

"반격하라고요!"

퍽퍽!

그와 동시에 마구 날아오는 무언가와 제대로 조준되지 않아 땅에 처박히는 무언가. 그건 누가 봐도 총알이었다.

"이런 제장!"

노형진은 재로 가득 차 있는 드럼통에 온몸으로 부딪쳤다. 그러자 그게 쓰러지면서 엄청난 먼지를 발생시키더니 노형진 일행을 감춰 줬다.

"끄아악! 내 다리!"

"도망갑시다!"

"네? 도망요?"

"저쪽에서 지금 뭐, 볼펜이라도 던진 것 같습니까!"

그 말에 두 순경은 정신이 번쩍 들었다.

"김 변호사님! 부축 좀 해 주세요!"

"아…… 알았네!"

김성식은 노형진과 함께 쓰러진 경찰을 부축해서 일으키자 통증을 느낀 경찰은 다시 죽겠다고 비명을 질러 댔다.

"두 분은 반격하세요!"

"네…… 네……."

노형진의 말에 엉겁결에 건물 쪽을 향해서 총을 쏘는 두 사람. 그사이 노형진은 그들을 이끌고 숲으로 뛰기 시작했다.

"뛰어요, 어서!"

그들의 뒤로 욕지거리가 날아들기 시작했다.

"잡아! 어서!"

"망할 쌍것들. 그냥 갈 것이지!"

"이런 젠장!"

탕탕!

그렇게 울리는 총소리. 광신도들이 엎드리자 노형진은 전력을 다해 숲으로 뛰기 시작했다.

⚖

"망할, 이게 무슨……."

숲에서 간신히 그들을 떨쳐 낸 노형진 일행은 헉헉거리면서 비명을 질러 대는 경찰을 내려놨다.

"끄아아악…… 살살……."

그 소리에 노형진은 그를 짜증스럽게 내려다봤다.

"더 소리 지르지 그러세요? 아주 여기에 우리가 있다고 광고하는 건 어떻습니까?"

"끄으윽……."

경찰은 죽기는 싫은지 신음성을 흘리면서 비명을 삼켰다.

"맙소사…… 진짜 총이라니."

"이게 어떻게 된 겁니까?"

박 순경과 이 순경은 상황을 이해하지 못하고 계속 뒤를 살폈다.

노형진은 그들을 놔두고 쓰러진 경찰의 옷을 찢어서 상처를 확인했다.

"경찰 아저씨."

"끄응…… 최 경장이라고 부르세요."

그는 그나마 정신을 차리려고 애써 이를 악물고 대답했다.

"알겠습니다. 최 경장님, 다행히 상처가 심하지는 않습니다. 하지만 나쁜 소식도 있습니다."

"나쁜 소식?"

"네."

나쁜 소식이라는 말에 노형진의 주변으로 다가오는 사람들.

"나쁜 소식이라는 게……?"

김성식은 걱정스럽게 물었고 노형진은 본 대로 이야기해 줬다.

"좋은 소식은 상처가 작다는 겁니다. 아마 살아서 나가면 후유증은 크게 남지 않을 겁니다. 보아하니 소음기용 소구경탄 맞은 것 같네요."

"소음기용 소구경탄?"

"네."

"영화에 나오는 그거 말인가?"

"그건 영화고요. 원래는 소음용 탄이 따로 있습니다."

영화에서는 권총에 뭔가를 끼워서 쏘는 것으로 소음기가 작동하는 것처럼 되어 있지만 실제는 소음기용 전용 탄이 따로 있다.

"소총은 아닌 것 같고 권총인 데다가 소음기용으로 만든 작은 탄이라 크게 다치지는 않았습니다."

"그걸 어떻게 안 건가?"

"군대에서 배웠습니다."

"자네도 군법무관 아니었나?"

노형진은 약간 아차 싶었지만 대충 둘러대는 건 어려운 일이 아니었다.

"그냥 개인적으로 그쪽에 관심이 있어서요."

"그런가?"

물론 진짜 관심이 있는 건 아니다. 하지만 미국에서 살면서 위협받게 되면 그런 것에 대해 알 수밖에 없게 된다.

"그게 좋은 거라면 나쁜 건 뭔가?"

노형진은 자신의 핸드폰을 꺼내 들었다.

"상대방은 제대로 된 전파방해가 가능할 정도로 정규화된 놈들이라는 겁니다."

그의 핸드폰은 아까와 다르게 완전히 먹통이었다.

"어어?"

다른 사람들도 황급하게 핸드폰을 꺼내 확인하거나 무전기를 작동시켰다. 하지만 제대로 작동하는 것이 하나도 없었다.

"어떻게 된 거지?"

"막으려는 거지요. 우리가 나가서 사실을 알리려는 것을요."

"아니, 어떻게 이럴 수가 있지? 대한민국 내부에서 이런 일이 벌어지고 있다는 것을 어떻게 모를 수가 있느냐고!"

김성식은 어이가 없어서 길길이 날뛰었다. 대한민국은 전 세계에서 가장 치안이 좋기로 유명한 나라다. 그런데 그 내부에서 이렇게 무장한 테러 집단이 생기는 걸 몰랐다는 게 이해할 수가 없었다.

"그게 검찰과 경찰이 착각하는 겁니다. 이 나라가 치안이 좋은 건 그들이 유능해서가 아니라 이 나라의 국민성 때문입니다. 기본적으로 선한 국민성 때문에 치안이 좋은 것을 자신들이 잘한다고 생각하는 건 웃긴 일이지요."

"크윽……."

김성식은 할 말이 없었다. 노형진의 말대로 그가 봐 온 검찰과 경찰은 유능과는 거리가 멀었다.

"더군다나 이런 것을 감시해야 하는 집단이 제대로 일하지 않고 있으니까요."

"……."

원래 이런 일이 생기면 그걸 감시하는 것은 국정원이다. 하지만 국정원은 요즘 들어 현 정부에 반대하는 사람에게만 집중하느라 정작 테러나 국제 정보전에서는 정보력이 약해졌다는 말이 벌써 여러 번 나왔다.

"크윽……."

최 경장은 왠지 신음 소리가 커졌다.

'보아하니 뭔가 찔리는가 보군.'

그럴 수도 있다. 현직 대통령은 자신에 반대하는 사람들을 집중적으로 감시하고 있으니까.

그리고 그 방식은 경찰, 검찰, 심지어는 군부대까지 동원된 광범위한 사찰이었다.

'뭐, 내 알 바 아니지만.'

그가 여기서 바꾸겠다고 해 봐야 그걸 바꿀 수는 없다. 의뢰가 들어온다면 모를까.

"일단은 저쪽은 제대로 된 병력이라고 봐야 합니다."

"그러면 누군가 가서 도움을 요청해야 하지 않을까?"

"그건 힘들 겁니다. 이쪽 위치에서 도움을 요청하러 가기 위해서는 저들이 있는 숙소를 넘어가야 합니다."

"젠장."

김성식은 신음 소리를 냈다. 그건 말 그대로 자살행위다. 그들이 자신들을 넘어가려고 하는 사람들을 그냥 통과시킬 리 없지 않은가?

"혹시 우리 총소리를 듣고 도와주러 오지 않을까요?"

이 순경은 한 가닥 희망을 걸었다. 하지만 노형진은 그마저도 고개를 흔들었다.

"아니요. 아마 입구 쪽에는 우리 총소리가 안 들렸을 겁니다."

"어째서요?"

"그들의 건물을 뒤질 때를 생각해 보세요."

"그거야…… 아……."

코너를 돌아서 들어와야 했던 건물. 그 사이에는 낮은 언덕이 위치하고 있었다.

"아마 권총 소리는 그 언덕에 막혀 들리지 않을 겁니다. 설사 들린다고 해도 아주 작게 들리겠지요."

"그럼 그 건물은?"

"네, 애초에 다른 건물들과 다르게 공들여서 지은 티가 역력하더군요. 위치도 그렇고요. 아마 총기를 감추기 위해 만들어진 곳일 겁니다. 아마 우리가 찾지 못해서 그렇지, 그곳 어딘가에 총기를 감추는 곳으로 들어가는 비밀 입구 같은 게 있을 겁니다."

"……."

모두들 암울한 얼굴이 되었다. 지금까지 이런 경험을 해 본 사람이 없었기 때문이다.

심지어 김성식조차 부장검사를 했고 그 자리에 올라가기까지 많은 경험이 있었지만 총기를 가진 부대에 쫓기는 경험은 없었다.

"그런데 왜 우리를 공격한 걸까?"

"우리가 찾는 게 뭔지 알았으니까요."

불타 버린 드럼통 주변에서 주은 그 끈.

사실 그걸 보고 총기용 상자 끈이라고 생각하는 것은 쉽지 않다. 그런데 이 순경은 그걸 보고 총기용 상자의 끈이라고 했다. 그렇다는 것은 총기에 대해 알고 찾고 있었다는 뜻이 된다.

"제가 실수했군요."

"제가 미리 경고하지 않은 탓입니다."

그때는 조용히 나왔어야 했다. 그런데 그들에게 의심의 여지를 준 것이다. 그들의 입장에서는 총기를 찾고 있는 자들을 그냥 돌려보낼 수는 없을 것이다.

"그나저나 도대체 왜 저런 짓을 하는 건지 모르겠군. 만구파는 먹고살 만하잖아?"

"이런 짓을 하면서 얼마나 버틸 수 있을까요?"

"응?"

노형진의 반문에 김성식은 도리어 고개를 갸웃했다.

"생각해 보십시오. 지금까지 저들이 이런 식으로 막대한 돈을 벌었습니다. 아마 그 중심에는 만구파의 중심인 성만구가 있겠지요."

"그렇겠지."

"하지만 그 녀석도 알 겁니다, 이게 오래가지 못한다는 것을. 아차 하면 누군가 탈출할 수도 있고요. 만구키드가 고발을 막는다고 하지만 어찌 될지 모르는 게 인생 아닙니까?"

"그렇다고 총기류를 이용해서 무장을 해? 그것도 대한민국에서? 그게 말이나 되나?"

"글쎄요. 성만구의 기록을 보면 그리 이상한 건 아니라고 할 수 있겠네요."

"이상하지 않다고?"

"네, 그 녀석이 미국에서 살다 온 기록이 있더군요."

노형진은 개인적으로 성만구의 기록을 본 적이 있었다. 그런데 그중에서 3년 정도 미국에서 살았던 기록이 있었다.

문제는 그 기록에 뭘 하면서 지냈는지에 대한 정보가 전혀 없다는 것. 심지어 취업 기록도 없었다.

"그게 미국이랑 무슨 관계인가?"

"이런 형태는 미국에서 많이 벌어지거든요. 아마도 3년 동안 미국의 사이비 종교 단체에 들어가 있었나 봅니다."

"사이비?"

"네, 전형적인 미국 사이비 교단의 발전 방식입니다."

일단은 작은 교회부터 시작한다. 그 후에 모든 재산을 헌금하는 형태로 압류하고 난 후 신도들을 노동력으로 활용한다. 그리고 그들이 어느 정도 사병화되면 일정 지역을 거점 삼아서 자신들만의 왕국을 건설한다. 그게 미국식 사이비 종교의 방식이다.

"뭐라고?"

"한국과는 다르죠. 한국은 단순하게 돈만 노립니다."

한국의 사이비 종교는 노동력으로 이용하려고 하지도, 그렇다고 그들을 자신들의 병사들로 사병화시키지도 않는다. 그냥 신도들을 속여서 돈을 가지고 오게 할 뿐이다. 하지만 이 방식은 다름 아닌 미국의 방식이다.

"그러니까 사병화시킨 것이겠지요."

"여기는 한국이라고!"

"그러니까 그럴 수 있는 겁니다. 한국은 미국과 다릅니다. 기본적으로 모든 남자 신도들이 전투 훈련을 받았으니까요."

"허…… 기가 막히는군."

즉, 전투 훈련을 받은 만큼 뛰어난 전투 능력을 가지고 있다는 소리다.

사실 우리나라의 예비군들은 다른 나라의 병력에 비해 실력이 떨어지는 편은 아니다. 그러다 보니 무기를 쥐여 주면 상당히 위험할 수밖에 없다.

"원래 나라를 뒤집으려면 가장 좋은 방법이 종교입니다. 종교에 터치하는 것을 극도로 꺼려하니까요."

그렇게 상대방으로부터 보호받음과 동시에 신도라는 이름으로 정예병을 키울 수 있다. 그리고 종교라는 특성상 제대로 빠지면 충성과 비교할 수도 없을 만큼 광신에 빠지게 된다.

"미국에서 제대로 배워 왔군요."

"북한의 가능성일 가능성은 없습니까?"

최 경장은 미국이 엮이는 것이 꺼림칙한지 물었다. 하지만 노형진은 고개를 흔들었다.

"애석하게도요. 기본적으로 저들은 북한과 양립할 수 없습니다."

"어째서요?"

"북한도 결국 주체사상이라는 종교를 믿는 광신도 집단입니다. 그리고 김정은이 그 최고 지도자이자 교주쯤 되는 것이지요. 문제는 김정은과 성만구의 방식이 놀라울 정도로 닮았다는 것입니다. 결과적으로 동종입니다. 다른 신을 믿지 말라는 말은 나 말고 다른 지도자를 믿지 말라는 뜻입니다. 도리어 그 둘은 똑같은 방식을 쓰기에 서로 양립되지 않습니다. 일종의 동족 혐오라고 할 수 있지요."

"음……."

북한이라면 이런 식으로 하지는 않는다. 노형진의 경험상 그들은 자신들의 힘을 자랑하려고 하지, 조용히 뭔가를 꾸미는 스타일은 아니다.

"그리고 아까도 말했다시피 그들의 행동은 미국의 사이비 종교 단체에 가깝습니다. 미국 정부가 아니라요. 미국은 천국이 아닙니다. 거기도 인간이 사는 곳이죠."

"크흠……."

인간이 살기에 별의별 일이 벌어지는 곳이기도 한 것이다.

"그럼 어쩌지? 저들의 공격을 피할 다른 방법이라도 있나?"

"글쎄요……."

일단 저들은 추적을 멈췄다. 그 이유는 알 수 없지만 말이다.

'독 안의 든 쥐라는 건가?'

저들이 추적을 멈춘 이유는 하나뿐이다. 이 안에서 탈출할 방도가 없으니 나오는 방향만 막고 있으면 된다는 사실을 안다는 것.

'하긴…… 애초에 그런 곳이니까 공장을 만들었겠지.'

노예들의 탈출을 막기 위해 만든 곳이니까 아마도 숲으로 더 들어간다고 한들 이마 퇴로는 막혔을 것이다. 도리어 저들은 숲으로 들어왔다가 자신들에게 공격받을 것을 두려워해서 바깥에서 기다리기로 한 것일 가능성이 높다. 일단 이쪽도 권총으로 무장하고 있으니까.

"그러면 어쩌지요? 여기서 기다려야 하나요?"

시간이 지나도록 안 간다면 다른 사람들이 이상하게 생각할 것이다. 그렇다면 그때 탈출할 수 있을지도 모른다.

"글쎄요. 이쪽으로 오지 않았다는 식으로 둘러댈 수는 있으니까요. 더군다나 이쪽을 수색하려고 하려면 다시 영장을 받아야 하는데 과연 그게 쉬울까요?"

그럴 리 없다. 만구파에서는 어떻게든 영장이 나오지 않도록 만구키드들을 조종할 것이다. 설사 나왔다고 한들 그때는 위험을 무릅쓰고 안으로 들어와서 공격하면 되는 것이다.

"일단 우리 무장부터 확인하죠. 얼마나 남았나요?"

노형진은 이 순경과 박 순경을 바라보면서 물었다. 그런데 그들은 어색한 얼굴로 고개를 흔들었다.

"설마……."

"한 발도……."

"저도……."

"끄응……."

노형진은 한숨이 나왔다. 그러나 저들에게 뭐라고 할 수가 없는 게 기본적으로 대한민국 경찰이 들고 있는 권총은 총 여섯 발이 들어가는 리볼버 형태다. 그런데 의무적으로 첫발은 무조건 공포탄을 넣어야 하고 일반적으로 사고에 대비해서 두 번째 탄도 공포탄을 넣어 두는 것이 보통이다. 즉, 여섯 발 중 두 발만 공포탄이고 나머지 네 발은 실탄인 것이다. 그걸로 반격해야 하니 어찌 보면 남아 있으면 이상한 일.

"그럼 남은 건 실탄 네 발이군요."

최 경장은 초반에 총에 맞아서 반격하지 못했다. 그리고 아까 사람들을 진정시키기 위해 공포탄 두 발을 쏘았다. 따라서 남은 것은 실탄 네 발.

"혹시 예비 탄을 가지고 오셨나요?"

"아니요."

"차에 있습니다."

결국 예비 탄은 없다는 소리다.

'이걸로 만구파를 막는 건 무리인데.'

노형진은 심각한 얼굴로 만구파 무리가 있는 쪽을 바라보았다.

"그럼 이제 어쩌지? 우리 쪽에 신호를 보낼 수 있는 방법이 없을까?"

"신호라……."

노형진은 주변을 보면서 심각한 얼굴로 고민하기 시작했다.

⚖

"이쪽으로 오지 않았다고요?"

"네."

"혹시 안쪽을 볼 수 있을까요?"

"안 됩니다. 저 안쪽은 영장에 포함되어 있지 않을 텐데요?"

만구파의 말에 남상주 변호사는 어쩔 수 없이 물러나 기다리고 있던 다른 사람들에게 다가갈 수밖에 없었다.

"어떤가요? 흔적을 찾았습니까?"

"없습니다. 완벽하게 사라졌습니다."

"끄응……."

분명 실종된 사람들을 찾겠다고 안으로 들어갔다. 그 후에 사람이 사라졌다. 이건 빼도 박도 못할 증거다. 그런데 만구파는 철저하게 들어가는 것을 막고 있었다.

"법원에서 영장이 나왔습니까?"

"아니요."

"아니, 도대체 법원에서 하는 게 뭐랍니까?"

남상주 변호사의 말에 손예은 변호사는 차분하게 말을 꺼냈다. 하지만 그렇다고 그녀 역시 분노하지 않는 건 아니었다.

"사방에서 손쓰고 있습니다. 만구키드와 만구파에서 뇌물을 받은 사람들까지 총동원되어서 막고 있는 것 같다고 고문학 팀장님이 그러더군요."

"그래서 수천 명의 납치 사건이 나온 건데 이걸 방치하고 있어요?"

"그쪽의 입장은 간단합니다. 납치가 아닌 자기 스스로 종교에 귀의했다는 겁니다."

"미친."

일부를 제외하고는 대부분이 살려 달라고, 꺼내 달라고 빌었다. 그게 납치가 아니라면 뭐란 말인가?

"언론에서는요?"

"어쩐 일인지 언론에서도 언급하지 않습니다. 아무래도 만구파에서 총력을 다하는 모양입니다."

분명 그때 촬영해 간 사람들이 있었다. 심지어 몇 명은 직접 찍어서 방송국에 제보했다. 그런데 언론에서 내보내지 않았다.

"방송 쪽으로 간 만구키드들이 막고 있는 듯합니다."

"망할 놈들……."

만구키드들로서는 어쩔 수가 없다. 걸리는 순간 자신의 인생은 파멸이다. 매년 받던 수억의 지원을 받지 못한다면 더더욱 그렇다.

"만구파를 지키기 위해 마치 대한민국 전부가 나선 듯한 느낌입니다."

"하긴…… 이 정도 시설이 비밀리에 유지된다는 건 정부에서 모를 수 없다는 말이기도 하니까."

송정한이 뒤에서 나타나 말을 꺼내자 남상주와 손예은은 그쪽으로 바라보았다.

"대표님."

"소식이 있나요?"

"애석하게도. 아무것도 없어."

송정한도 전력을 다해서 뒤를 캐고 있었지만 나오는 것이 없었다. 도무지 안에 들어갈 수 있는 방법이 없었다.

"그 소문이 사실일지도 모르겠더군."

"그 소문?"

"현 정권이 권력을 잡는 데에 만구파가 막대한 지원을 했다는 소문이 있어."

"지원요?"

"정치는 돈으로 하는 거니까."

그렇다면 모든 게 이해된다. 현 정권이 들어서고 난 후 가장 먼저 시작한 것이 언론을 손에 넣는 것이었다. 그러니 정부에서 이야기하고 싶어 하지 않는다면 언론 역시 이야기하고 싶어 하지 않을 게 당연한 일.

"그럼 이 만구파 사건은 이대로 묻히는 겁니까?"

"그럴지도."

구출은 했지만 만구파는 여전히 존재할 테니 학교에서는 또다시 다른 아이들을 세뇌시켜서 노예로 끌어들일 것이다.

"이 무슨……."

"이럴 때는 노 변호사가 있어야 하는데."

노형진이라면 방법을 찾을 수 있을지도 모른다. 그는 사방에 인맥이 있고 많은 아이디어를 가지고 있어 정부와 언론이 아닌 다른 방식으로 알릴 방법을 찾아내고는 했으니까.

"인터넷은 어떤가요?"

손예은의 말에 송정한은 고개를 흔들었다.

"가장 먼저 시도한 걸세. 그런데 만구파와 관련 학교 이름만 나오면 볼 것도 없이 삭제 처리야. 그쪽도 상당한 압력을 받고 있는 모양이야."

"……."

아예 인터넷에서는 관련 검색어조차도 삭제되고 있는 상황. 그러니 아무리 노력해도 정부 차원에서 시도하는 은폐를 뚫고 알리는 것은 불가능에 가까웠다.

"분명 저 안에 노 변호사가 있을 텐데 말이지."

송정한은 걱정스러운 눈빛으로 언덕 너머를 바라보았다.

"어?"

그런데 그의 눈에 들어온 것은 연기였다. 언덕 너머에서 나오는 연기.

"저 연기는?"

"연기요?"

"그러고 보니 연기가 나는군요."

다들 그쪽으로 고개를 돌렸다. 어느새에 나타난 건지는 모르겠지만 연기가 언덕 너머에서 나타난 것이다.

"불이 난 건가? 아니면 뭔가 태우는 건가?"

다들 고개를 갸웃하는 그때였다. 그렇게 올라오던 연기가 끊겨져서 다시 올라오기 시작했다.

"연기가 왜 저러는 거죠?"

손예은이 무심결에 물은 말에 송정한은 퍼뜩 정신을 차렸다.

"잠깐만…… 저거 봉화 아냐?"

"봉화요?"

"그래, 자네들도 알지 않나? 옛날에는 봉화로 신호를 주고받았다고."

"아!"

드문드문 끊어지는 연기를 보면서 그들은 봉화라는 것을 알아차렸다.

"그런데 뭐라고 하는 거죠? 알 수가 없잖아요?"

"음…… 저건…… 모스……부호인가?"

"모스부호?"

"봉화로 알릴 만한 건 그것뿐인데?"

"하지만 여기에 모스부호를 아는 사람이……."

"다른 사람에게 물어보게."

송정한은 사방에 모스부호를 아는 사람을 찾기 시작했다. 때마침 가족들을 돌보던 구급대원들이 그걸 알고 있었다.

"취미 삼아 단파통신을 해서요."

"혹시 저게 무슨 뜻인지 아십니까?"

"음, 아까 날아온 건 뭔지 모르겠네요. 지금 올라오는 건……."

눈을 찡그리고 그걸 보던 그는 천천히 해독하기 시작했다.

"COPTJ, 아니 아니, R? COPTER? 그게 뭐죠? 콥터?"

앞 글자는 사라졌기 때문에 알 수가 없어서 고개를 갸웃하는 구급대원.

송정한은 재빨리 그 단어에 대해 생각하기 시작했다.

"콥터…… 콥터……."

"핸드폰으로 찾아보시죠."

"핸드폰이 안 터져서요."

이 근처에 기지국에 무슨 문제가 생긴 건지 핸드폰이 안 되는 상황이라서 그걸 찾을 수도 없는 상황.

그는 곰곰이 생각하다가 퍼뜩 정신이 들었다.

"콥터? 헬리콥터?"

"헬리콥터요? 그게 왜?"

고개를 갸웃하는 구급대원. 하지만 송정한은 이해할 수 있었다. 작전을 시작하기 전에 이곳의 지형에 대해 노형진과 이야기했기 때문이다.

저쪽은 절벽으로 되어 있어서 탈출이 불가능하다. 그래서 그때 노형진이 웃으면서 농담 삼아 했던 말이 있었다.

―날아서 탈출하면 되겠네요. 하하하.

거기까지 생각이 나자 송정한은 확신을 가질 수 있었다.
"저기다! 저기에 노 변호사가 있는 겁니다!"
"네?"
"헬기! 어디 헬기를 수배할 곳 없어요?"
사람들이 채 이해하기 전에 송정한은 전화가 가능한 곳으로 뛰기 시작했다.

⚖️

"옵니다."
저 멀리 보이는 헬기를 보면서 노형진은 안도의 한숨을 내쉬었다.
'도박에 가까웠는데.'
다행히 최 경장이 과거 군대에서 통신병을 하여 모스부호를 알고 있어 그걸로 신호를 보내기로 했다.

문제는 만구파 역시 그걸 알아볼지도 모른다는 것.

그런데 만구파는 움직이지 않았다. 다행히 그들이 독 안에 든 쥐라고만 생각했지, 헬기를 부를 거라고는 생각도 못 했던 것이다.

"하지만 이제 시작입니다. 아시죠?"

"네."

노형진 일행이 헬기를 발견했다는 건 만구파 역시 헬기를 봤다는 뜻이다.

아니나 다를까, 만구파의 건물 쪽에서 소란스러운 소음이 들리기 시작하더니 이쪽으로 마구 뛰어오는 사람들이 보였다. 헬기가 도착하기 전에 노형진과 일행을 잡으려는 것이다.

"젠장, 이러다가는 잡히겠습니다."

"시간을 끄는 수밖에 없군요."

노형진은 최 경장의 권총을 손에 꽉 쥐었다.

"저쪽에 있던 공터로 가세요. 거기라면 헬기가 착륙할 수 있을 겁니다."

"네?"

"어서요!"

"네."

노형진이 다그치자 그쪽으로 최 경장을 부축하고 가는 이 순경과 박 순경.

"죽여!"

"도망가기 전에 잡아…… 으악!"

여기저기서 쓰러지는 소리가 들리면서 난리법석이었다. 노형진이 미리 만들어 둔 조잡한 함정 때문이었다. 단순히 풀을 양쪽으로 묶어 둔 것이지만 그들의 발을 묶는 데에 많은 도움을 주었다.

"망할 놈!"

"언제 이런 걸 만든 거야!"

난리법석이 나고 노형진은 침을 꿀꺽 삼키면서 그쪽을 바라보았다. 그렇게 얼마나 지났을까.

두두두.

드디어 가까이 들리는 헬기의 소음. 하지만 만구파 역시 가까이 도착해 있었다.

"저기 있다!"

"타기 전에 잡아!"

나서서 소리를 지르는 녀석.

노형진은 그를 조준하고 침착하게 방아쇠를 당겼다.

탕!

날카로운 소리가 나면서 선두에서 소리를 지르던 녀석은 그대로 고꾸라졌다.

"총이다!"

"무장했잖아!"

후다닥 엎드리는 사람들. 노형진은 그 틈을 타 헬기로 뛰기 시작했다.

"저기 도망간다!"

탕!

"이크!"

"추격해!"

서로 추격하라고 소리만 지르는 만구파.

'지휘관이 없다는 게 이런 때는 다행이군.'

제대로 된 군대였다면 한 명의 지휘관의 명령 아래 일사불란하게 사격을 가했을 것이다. 그렇게 된다면 나무가 어느 정도는 막아 주더라도 안전은 보장할 수 없다.

하지만 저들은 지휘관이 없다 보니 알아서 쏴 대는 상황이라 제대로 그를 맞히지 못하고 있었다.

"어서요!"

헬기에 타고 있던 사람들은 마구 손은 흔들었다.

탕탕!

등 뒤에서 들리는 총소리. 그러자 노형진은 총을 그들의 방향으로 돌려서 남은 총알을 모조리 쏴 버렸다.

탕탕탕!

"으악!"

"피해라!"

다행히 그게 총알이 더 남아 있는 걸로 보인 건지 그들은 후다닥 피하느라 제대로 공격을 못 했고, 노형진은 그 틈에 헬기를 탈 수 있었다.

"어서 올라가요! 어서!"

"네? 아, 네, 네, 네."

헬기 조종사는 식겁하면서 헬기를 상승시켰다. 사람을 태우는 일이라고 했는데 난데없는 총격전이라니.

두두두······.

거친 소리를 내면서 하늘로 올라가는 헬기.

"엎드려요!"

공터로 몰려나온 만구파를 보고 노형진은 반사적으로 소리를 질렀다.

투타타타타타타!

지금까지와는 전혀 다른 공격. 단발의 권총이 아닌 연속되는 총소리.

"탱탱!"

"악! 내 헬기!"

조종사는 헬기에 나는 구멍을 보면서 비명을 질렀다. 그나마 다행인 점은 헬기는 총알을 맞는 것만으로는 추락하지 않는다는 사실이었다.

"도망가요!"

"있으라고 해도 안 있습니다!"

헬기 조종사는 비명을 지르면서 전속력으로 벗어나려고

했다. 하지만 다음 순간 노형진은 또 다른 명령을 내렸다.

"고도! 고도!"

"네?"

"고도 높이라고요!"

헬기 조종사는 고개를 갸웃했다. 고도를 높이는 시간에 앞쪽으로 도망가는 게 더 나은 선택이었기 때문이다.

하지만 그 뒤에 들려오는 말에 그는 보지도 않고 뒤에 사람이 쓰러지든 말든 기수를 최대로 높였다.

"로켓!"

"으아아!"

헬기가 기울어지자 비명을 지르는 사람들. 그리고 그 아래로 아슬아슬하게 지나가는 로켓탄.

"이런 미친……."

헬기가 안전한 위치에 오자 노형진은 자신들을 바라보는 놈들을 보고 가슴이 철렁했다.

"RPG라니……."

지대공 미사일은 아니라고 하지만 로켓까지 가지고 있을 줄은 몰랐던 것이다.

"사…… 살았다."

김성식은 자신도 모르게 축 늘어지면서 신에게 감사의 인사를 드릴 수밖에 없었다.

종말이 다가온다

"최 경장은 어떤가요?"

"일단은 괜찮다고 하네. 자네 말대로 권총탄이더군."

"다행이네요."

노형진은 축 늘어진 몸으로 한숨을 쉬면서 몸을 떨었다. 그러자 송정한은 그런 그를 걱정스럽게 바라보았다.

"괜찮나?"

"네, 괜찮습니다. 전 총에 맞은 게 아니니까요."

그들은 구출되자마자 병원으로 이송되었고 바로 검사에 들어갔다. 하지만 총에 맞은 최 경장을 제외하고는 다행히 다친 사람이 없었다.

"그나저나 만구파 쪽은 어떤가요?"

"끝장났지."

"그렇겠지요."

"그래, 갑자기 사방이 돌변했으니까."

지금까지 만구파를 보호하려고 하던 정부에서 돌변해서 만구파를 테러 집단으로 지정하고 박멸하기 위해 군대까지 동원한 것이다.

심지어 방송국조차 감추고 있던 모든 뉴스들을 내보내, 인터넷 사이트에서는 만구파가 인기 검색어 순위의 최상단을 달리고 있었다.

"그럴 수밖에요. 동맹을 맺는 것과 자신에게 도전하는 건 다르거든요."

노형진은 침대에 기대어 중얼거렸다.

"그렇지. 아무리 만구파라고 해도 이번에는 무리였어."

"그런 무장 단체를 그냥 두고 볼 리 없으니까요."

다급해서 한 실수인지 누군가의 실수인지는 모르겠지만 그들은 헬기에 대고 소총과 기관총으로 사격하고, 심지어 로켓포까지 쏴 댔다.

아무리 정부에서 그들을 보호하려 해도 그건 어디까지나 자신들에게 위협되지 않을 때의 이야기다.

권총에 기관총에 전파방해 장비에 심지어 로켓까지, 사실상 대한민국 국내에 존재하는 군사 조직이나 다름없는 곳을 대한민국 정부가 그냥 둘 리 없다.

"정부에서도 만구키드에 대한 대대적인 감사가 시작되었네."

"아마 살아남지 못하겠군요."

"그럴 거야."

설사 만구파와 연을 끊었다고 하더라도 만구파와 연관되어 있었다는 것만으로도 위험 분자가 된다. 당연히 철저하게 박멸될 것이다. 설사 이런 무장 상황에 대해 몰랐다고 해도 말이다.

"와, 이거 봐요."

"저거, 미친놈들일세."

그 순간 웅성거리면서 어디론가 향하는 사람들.

"뭐죠?"

노형진과 송정한은 그곳으로 향했다. 그곳은 병원에 있는 휴게실로, 벽에는 대형 텔레비전이 걸려 있었다.

－지금 이곳은 치열한 전투가 벌어지고 있는 현장입니다. 현재 만구파는 건물 내부에서 신도들 중 여자들과 아이들을 인질로 삼고 극렬하게 저항하고 있습니다. 그들은 종교의 자유와 함께 종교 단체는 권력과 별개이므로 그들의 무장은 인정되어야 한다는 주장을 하고 있습니다.

몸을 수그린 채로 말하는 기자. 그걸 보고 사람들은 혀를 끌끌 찰 수밖에 없었다.

"미친놈들"

"그렇게요."

노형진 역시 그들을 보면서 고개를 흔들었다.

'그러고 보니 미래의 그 사건 이후에도 결국은 무장한 상태였다는 소리잖아?'

생각해 보면 미래에도 저들은 철저하게 박멸될 뻔한 적이 있었다. 그런데 그때는 이렇게 극단적으로 저항하지 않았다. 지금 있는 무기가 그때 없다는 건 말도 안 되고 말이야.

'그 말이 사실이었나 보군.'

몇몇 대표 신도들을 희생양을 삼는 대신에 만구파 자체에는 손대지 않는다는 약속이 있었다는 소문이 있었다.

사람들은 워낙 사건이 크다 보니 그럴 리 없다고 생각했지만 사실 생각해 보면 기껏해야 돈을 조금 빼앗긴 것이 전부일 정도로 사건의 주범인 교주 가족들에 대해서는 처벌이 거의 이루어지지 않았다.

그러니 결과적으로 만구파는 땅을 빼앗긴 것도, 종교를 잃은 것도 아니었다. 막대한 손해배상을 하기는 했지만 말이다.

'어쩐지 이상하더라.'

그 당시 사람들에게 알려진 만구파 소속의 기업들이 갑자기 주식이 오른 적이 있었다. 사건이 벌어진 이후의 시점임을 생각하면 말도 안 되는 일이었다.

'그 뒤에 그런 약속이 있었다면 그럴 만하겠네.'

하지만 이번에는 그게 아니다.

그때는 무기가 발각되지 않았지만 지금은 무기가 발각되었다. 아무리 권력을 위해서 뭐든 하는 정치인들이라고 국내에 무장 단체를 인정할 리 없다. 아니, 할 수가 없다. 무장 단체가 자신들의 권력을 위협할 수도 있기 때문이다.

–장갑차가 접근 중입니다. 현재 만구파는…… 으악!

그 순간 기자가 비명을 질렀다. 건물 쪽에서 RPG가 날아온 것이다.

콰아앙!

엄청난 폭음과 함께 터져 나가는 장갑차. 불타는 장갑차에서 나오는 사람은 없었다.

"이런 미친놈들!"

사람들은 경악을 금치 못했다. 결국 이번 사태로 인해 군대에 인명 피해가 난 것이다. 이렇게 되면 내전이나 마찬가지인 상황이 된다.

–저쪽에서 로켓으로 장갑차를 공격했습니다! 만구파에 대전차무기가 있습니다!

호들갑을 떠는 기자를 흘낏 본 노형진은 몸을 돌려서 휴게실에서 나왔다.

"노 변호사, 어딜 가나?"

"일하러 갑니다."

"일? 이 상황에서?"

"이 상황이라서 일해야 합니다."

노형진은 흘낏 화면을 바라보았다. 급하게 뒤로 빠지는 장 갑차들. 아무래도 이 싸움은 제법 오래갈 것 같았다.

'미국도 제대로 공격하는 게 쉽지 않지.'

사실 이런 상황에서 미국이라고 해도 결국 대부분의 사건 의 결말은 하나뿐이었다. 슬프게도 말이다.

"이 상황에서 일하라니?"

"저들이 제압당하고 나면 무슨 일이 벌어질 것 같습니까?"

"응? 그거야……."

고개를 갸웃하는 송정한이었다. 무슨 일이 벌어질지 알 수 가 없었던 것이다. 하긴 한국에서는 이런 일이 처음이니까.

"저들의 모든 재산은 국가에 귀속될 겁니다."

"그래서?"

"그렇게 되면 정부에서 우리 의뢰인들한테 손해배상을 해 줄 것 같습니까? 하다못해 피해 구제라도 해 줄까요?"

"아!"

그럴 리 없다. 한번 국가에 귀속되면 그걸로 끝이다. 국가 는 손해배상의 책임이 없다.

이것이 법이다

"아마 지금쯤 정신이 없어서 그쪽에는 신경 쓰지 않겠지만 분명 그건 벌어질 일입니다. 그러니 그 전에 미리 만구파의 재산에 압류를 걸고 보상받을 수 있는 길을 만들어 놔야 합니다."

"그렇군……. 이렇게 구경만 하고 있을 때가 아니었군."

"네, 우리는 변호사입니다. 변호사는 어떤 경우에라도 의뢰인의 이득을 위해 움직여야지요."

만일 국가에 귀속되면 배상받지 못할 테니 그전에 의뢰인들을 위한 재산을 확보해 두는 것이 변호사로서 해야 할 일이다.

"저쪽에서도 전쟁이 벌어지고 있지만 우리의 전쟁도 아직 끝나지 않았습니다."

전쟁은 언제나 계속된다. 다만 그 장소가 다를 뿐이었다.

⚖️

"손해배상요?"

"네."

노형진은 피해자들을 찾아다니면서 설득을 시작했다.

그들은 노형진의 말에 생각지도 못한 문제라면서 깜짝 놀랄 수밖에 없었다.

"그러면 만일 정부에 귀속되면 아무것도 못 받는단 말입니까?"

"이런 경우에는 손해배상금이 아닌 치료비가 문제가 됩니다."

"으음……."

피해자의 대표는 심각하게 고민하기 시작했다. 그럴 수밖에 없는 게 대부분의 피해자들이 심각한 트라우마를 가지게 있었기 때문이다.

"구출된 사람들은 어떻습니까?"

"좋다고는 말 못 하겠습니다."

아침 8시부터 시작해서 저녁 8시까지 계속되는 노동, 죽지 않을 만큼만 지급되는 식량과 한겨울에도 제대로 주지 않는 옷, 바람이 숭숭 들어오는 숙소 등 그 모든 것이 최악인 상황에서 변절한 작자들의 자신들이 더 높은 곳에 가기 위해 피해자들에게 가혹 행위를 하기도 했다.

"몇몇 가족들은 염치가 없다면서 대책위를 떠났습니다."

"그럴 수밖에요."

구하려고 간 자식이 그곳에서 가해자가 되었는데 무슨 염치로 대책위에 남겠는가?

"하여간 발 빠르게 움직여야 합니다. 아니면 모조리 빼앗길 테니까요."

"누구한테요?"

노형진은 쓴웃음을 지었다.

"국가의 돈이 자기 돈인 줄 아는 사람들이 있기 마련이거든요."

"네?"

"엄밀하게 말하면 이제 만구파의 돈은 주인 없는 돈입니다."

"그래서요?"

"그리고 그걸 탐내는 사람들은 많지요."

만구파가 사라지면 그 돈은 국가에 귀속된다.

물론 그 전에 피해 보상을 신청한 사람들에게 주겠지만 문제는 피해를 증명할 길이 없다는 것이다. 피해자가 피해를 증명하는 게 어려운 게 아니라 피해가 없는데 피해가 있다고 주장하는 걸 반박하는 게 힘들다는 것이다.

즉, 개나 소나 이름을 올리면 일단은 배상의 대상이 된다는 것이다.

"누가 그런다는 겁니까?"

"정치인들이죠."

"네? 설마요?"

"하아, 애석하게도 설마가 아닙니다."

몇몇 정치인들은 어딘가에 자연재해가 나면 일단 가서 피해 보상을 요구한다. 그러면 미리 준비된 각본에 따라 정부에서는 그들에게 돈을 준다.

"실제로 원유 유출 사고 때 많은 정치인들이 그곳에 자기 선박을 가져다 두고 난리법석을 떨었습니다. 자기 망한다고요. 그래서 막대한 피해 보상을 받았지요."

"아니, 정치인에게 무슨 배가 있다고요?"

"폐선박을 구하는 건 어려운 일이 아니니까요."

실제로도 피해 보상을 해야 하는 일이 생기면 그런 일이 비일비재하게 일어난다. 피해자들에게는 자격 요건을 까다 롭게 함으로써 배상의 기회를 줄여 버리면서 정작 정치인들 에게는 좋은 게 좋은 거라고 그냥 내준다.

상식적으로 서울에서 정치하는 사람이 왜 어업에 종사하 겠는가? 하지만 정부에서는 모른 척 피해 보상비를 내준다.

"결과적으로 그들의 행동은 진짜 피해자의 보상금을 빼앗 는 꼴이 됩니다."

"음……."

"그게 다 임자 없는 돈이라고 생각해서 그런 겁니다."

"임자 없는 돈이라."

"네."

이번 사태로 인해 만구파는 완전히 무너질 것이다. 당연히 그들의 재산은 임자 없는 돈이 될 가능성이 높다. 그렇게 된 다면 이번 사태가 끝나고 나서 별의별 인간들이 만구파에 피 해를 입었다면서 돈 내놓으라고 달라붙을 것이다.

"문제는 만구파는 사라졌다는 거죠."

이럴 때 문제는 가해자인 만구파가 없다는 것이다. 가해자 가 사라졌으니 피해자를 구분할 방법이 없다. 오로지 그들의 진술만 믿고 해야 한다.

'그리고 그들에게는 막강한 변호사들이 있지.'

그때쯤이면 그들을 위해 일하는 변호사들이 적당하게 이야기를 만들어서 돈을 받아 낼 수 있게 모든 준비를 해 놨을 것이다.

"그때를 대비해서 우리가 그들의 재산을 선점해야 합니다."

"그렇지만 분할 문제도 있고……."

"안 하신다면 어쩔 수 없습니다만 분할은 나중의 문제입니다. 나중의 문제를 걱정하느라고 몽땅 빼앗기실 겁니까?"

위원장은 결심을 굳혔다.

"바로 회의를 소집하겠습니다. 아마 만장일치로 나올 것 같습니다만."

"그러면 좋지요."

그리고 그의 말대로 사람들은 만장일치로 사건을 새론에 위임하기로 결정했다. 하긴 자신들의 아이들을 구해 주고 그 치료비와 손해배상비까지 받아 준다는데 불만이 있을 리 없었다.

"잘 부탁합니다."

"네."

노형진은 그에게 인사받으면서 미소를 지었다.

⚖

"이럴 수가……."

성만구는 자신에게 벌어진 일을 믿을 수가 없었다.

"내…… 내 왕국이…… 어쩌다가……."

분명 그의 왕국은 아주 튼튼했다. 종교라는 이름으로 만들어져서 누구도 벗어나지 못했다. 그런데 어쩌다가 이런 일이 벌어진 건지 이해할 수가 없었다.

"도대체…… 어떻게 안 거냐 말이야!"

자신을 멸망시킨 녀석은 확실하다. 노형진. 그리고 새론. 그들이 노예들을 빼 가면서 일이 틀어지기 시작했다.

더군다나 어떻게 한 건지 무기를 가지고 있다는 사실까지 알아냈다.

"구원자님."

피곤한 얼굴로 들어오는 자신 신도.

"상황은? 상황은 어떤가?"

"이길 수가 없습니다. 인질들로 어떻게든 버티고 있습니다만……."

"다른 신도들은 아직 연락이 없나?"

여기서 말하는 신도들은 일반 신도들이 아니다. 일반 신도들은 이 상황에서 세 가지 경우에 들어간다. 인질이 되거나, 총을 들고 싸우거나, 그냥 바깥에서 있거나.

그런데 앞의 두 종류의 신도들은 그의 손아귀에 있으니 남은 것은 바깥에 있는 신도들뿐이었다. 하지만 성만구는 그들을 찾는 게 아니었다.

"연락이 안 됩니다. 철저하게 막혔습니다."

"젠장! 우리가 준 도움이 얼만데!"

"그들이라고 해도 방법이 없습니다. 지금 정부 내부에서는 우리 신도들에 대한 대대적인 감사가 진행 중입니다. 드러나지 않은 신도들은 꼬리를 말고 있는 상황입니다."

그가 찾는 것은 만구키드였다. 자신이 막대한 돈을 들여서 키워 내고 정부의 요직에 박아 둔 사람들. 그들이라면 이 사태를 막을 수 있을 것 같았다.

"이건 배신이야! 이런 때일수록 더욱더 강한 신심으로 날 모셔야지!"

그는 그렇게 화내고 있었지만 상식적으로 몰락해 가는 종교, 그것도 한국에서 테러 단체로 지정된 종교를 믿는다고 드러내는 놈이 있을 리 없다.

"아무래도 만구의 아이들의 힘을 빌리는 건 힘들 거라 생각됩니다."

"크흑…… 다른 곳들은?"

"모르겠습니다. 정부에서 모든 통신수단을 다 끊어 놨습니다."

무기를 둔 곳은 이곳 말고도 많다. 문제는 정부에서 그걸 그냥 두고 볼 리 없다는 것이다. 당연히 그곳으로도 군대가 동원되었다.

"구원자님! 큰일 났습니다!"

"또 뭐야!"

그때 문을 박차고 들어오는 남자. 그의 얼굴은 사색이 되어 있었고 다리는 부들부들 떨리고 있었다.

"뉴…… 뉴스를 보셔야겠습니다."

"뉴스라니?"

통신은 안 되지만 방송은 볼 수 있기에 성만구는 서둘러서 텔레비전을 틀었다. 그러자 믿고 싶지 않은 장면이 흘러나왔다.

－지금 만구파의 주요 본거지 중 한 곳이 막 항복했습니다. 그들은 무장을 해제하고 나오고 있습니다. 인질들은 안전하며 정부에서는…….

털썩.

신도들은 그 소리에 고개를 돌렸다가 깜짝 놀랐다.

"구원자님!"

"강원도가…… 강원도가…….."

강원도에 있는 만구의 전당이었다. 거기에는 엄청난 무기가 있다. 그런데 그곳이 무너졌다. 이제 정부에게 빼도 박도 못하게 된 것이다.

"이대로는……."

침을 꿀꺽 삼키는 신도들.

"나가 있거라."

"구원자님!"

"나가 있으래도!"

그들은 성만구의 눈치를 보다가 주춤주춤 바깥으로 나갔다. 그리고 성만구는 자신의 호화스러운 의자에 앉아서 얼굴을 두 손으로 감싸며 절망에 빠졌다.

그렇게 얼마나 지났을까?

"그래…… 어쩔 수 없다……. 다시 시작하자."

그는 한참 고민하다가 마음을 굳혔다. 더 이상 만구파의 미래가 없다는 것은 확실했다.

"그렇다면 다른 곳에서 시작하자."

사실 여기에는 신도들은 모르는 비밀 통로가 있다. 그곳으로 도망가면 신도들은 모른다.

심지어 저 앞을 지키는 자들도 알 수가 없다. 비밀 통로를 만든 자들은 모조리 땅속에 묻혔으니까.

"일단 탈출하자."

탈출한다고 해도 자신은 거지가 아니다. 자신에게는 빼돌려 둔 막대한 재산이 있다. 그리고 그 재산이면 만구파를 다시 일으킬 수 있다. 설사 못 일으킨다고 해도 죽을 때까지 떵떵거리면서 살 수 있다.

"일단은 일본으로 가자. 거기에 사 둔 곳이 있으니 그곳에서 머릿속을 좀 정리하면서 미래를 준비해야겠어, 여기는 신도들이 막아 줄 테니 당분간은 내가 도망친 걸 모를 거야."

그는 일본으로의 밀항을 결심하고는 바깥으로 나가려고 비밀리에 만들어 둔 통로로 다가가 문을 열었다.

드르륵.

요란한 소리와 함께 열리는 문. 그 순간 그 통로의 어둠 속에서 시커먼 인영이 그에게 달려들었다.

"으악! 누구냐!"

성만구는 비명을 질렀다. 하지만 워낙 방음이 잘된 방이라 바깥에서는 들리지 않는 모양이었다.

"언제 열리나 했다."

어둠 속에서 나타난 남자들은 총으로 무장한 채로 검은 스키 마스크를 쓰고 있었다. 그걸 본 성만구는 그들이 누군지 한 번에 알 수 있었다.

'특전사……'

특전사가 아닐 수도 있다. 하지만 한 가지는 확실했다. 바로 정부에서 보낸 사람이라는 것.

"망할. 안쪽에서는 문을 열 수가 없게 해 놔서."

그들은 정부에서 비밀리에 파견한 특수부대였다. 성만구의 생각과 다르게 정부는 그 비밀 통로에 대해서 알고 있었던 것이다.

"무…… 무슨 짓이냐! 이러고도 무사할 줄 알아?"

"무사? 이 인간이 아직도 정신 못 차렸네."

"커헉!"

군화의 발길질에 바닥을 나뒹구는 성만구.

"너……! 너, 내가 정부에서 누굴 아는지 알아!"

그는 일어서서 발악적으로 소리를 질렀다. 하지만 상대방은 비웃음을 보일 뿐이었다.

"우리를 보낸 게 바로 그 사람이다."

"뭐라고?"

"우리를 보낸 게 그분이라고."

"그…… 그럴 리 없어."

하지만 그는 말하지 않고 작은 소음용 권총을 꺼냈다.

"그분께서는 네놈이 살아 있으면 영 곤란하시거든."

"아…… 아니야…….."

성만구는 현실을 부정하고 싶었다. 그러나 현실은 그의 편이 아니었다.

"죽은 자는 말이 없지."

"난 신이다! 난 신이야! 누가 감히 신을 죽이려고!"

풋풋.

짧게 들리는 두 개의 작은 소리.

성만구는 멍하니 서 있다가 고개를 천천히 떨궜다.

가슴에서 번지는 붉은 피. 자신이 입은 하얀색의 옷이 피로 얼룩지고 있었다.

"신 좋아하네. 신치고는 너무 잘 죽는데?"

"나…… 난…… 시…… 신이야……. 신인데……. 신…….."

성만구는 그렇게 중얼거리면서 풀썩 쓰러졌다. 그리고 그 주변으로 붉은 피가 점점 번져 갔다.

"확실하게 하는 게 좋겠습니다."

"그렇겠지."

방금 총을 쏜 사람은 다시 소음기가 달린 총으로 그의 등에 몇 번이나 쏴 버렸다. 하지만 성만구는 미동도 하지 않았다.

"이쪽은 정리된 것 같군."

"그럼 시작하지."

"네."

한 명이 비밀 통로 쪽으로 들어가서 깜빡이는 불빛 신호를 보내고 난 후 그 안에서 우르르 사람들이 나왔다. 그들은 무장을 확인하고는 성만구의 시신을 흘낏 바라보았다.

"우리의 목표가 뭔지 알지?"

"네."

"하나도 남기지 마라."

"알겠습니다."

그들은 만구의 전당의 문을 열고 그 안으로 들어가기 시작했다.

⚖️

－어젯밤 대한민국 특공대가 테러 집단 만구파의 리더이자 이번 사

태의 주범인 성만구를 사살했다고 합니다. 성만구는 최후까지 저항하였으며 그 과정에서 결국 사살되었다고 합니다. 정부에서는……

노형진은 방송을 흘낏 바라보고는 한숨을 쉬었다.

'이렇게 될 줄 알았지.'

결국 이 경우 남은 건 강경 진압뿐이다. 더군다나 다른 때와 달리 어제는 교주가 있었으니 협상하고 항복할 리 없다.

'어쩔 수 없지.'

노형진은 안타깝다고 생각했지만 그렇다고 성만구가 불쌍하지는 않았다.

결국 신 노릇을 넘어서서 독재자 노릇을 하려 해서 벌어진 일이다. 그저 신으로서 살려고 했다면 이런 일은 벌어지지 않았을 것이다. 하지만 그는 신 대신에 독재자의 길을 선택했다. 당연히 그걸 그냥 둘 권력자들이 아니었다.

"이걸 접수하러 왔습니다."

노형진이 나타나자 접수처 근무자는 얼굴을 찡그렸다.

그 때문에 얼마나 고생했던가? 일전에도 그는 수천 건의 사건을 한꺼번에 가지고 왔다.

문제는 이번에도 그의 어깨 너머로 서류로 가득 찬 커다란 수레가 보인다는 것.

"가능하겠지요?"

"하아."

그는 한숨을 쉬면서 고개를 끄덕거릴 수밖에 없었다.

'당분간 집에 가기는 글렀네.'

그는 그저 한숨만 쉴 뿐이었다.

⚖️

"이야기만 잘 짜면 된다 이거지?"

"그렇습니다."

"으흐흐."

정상화 국회의장은 넓은 땅을 보면서 미소를 지었다. 그를 데리고 온 법무 법인의 변호사가 그를 기쁘게 하고 있었다.

"이 땅은 어차피 만구파가 사라진 지금에 와서는 주인이 없습니다. 그러니 조금만 서류를 조작하면 의장님의 재산이 될 수 있습니다."

"문제가 되지 않을까?"

"그럴 리가요? 문제를 일으킬 녀석들은 살아 있지도 않습니다."

"그렇지. 흐흐흐."

만구파의 리더이자 테러범인 성만구는 교전 중에 사살당했고, 다른 신도들은 모조리 잡혀갔다. 그리고 일반인들은 이런 사항에 대해 모르고 있다. 그러니 피해 서류를 조금만 조작해서 제출하면 이 땅은 그의 땅이 되는 것이다.

"잘 부탁하네, 백 변호사. 자네가 이번에 도와준다면 내 자네를 적극적으로 밀어주지."

"감사합니다, 의장님."

"감사는 무슨. 도리어 내가 감사하지. 흐흐흐."

이제 만구파의 돈을 먼저 먹는 놈이 임자인 것이 된 상황이다. 그러니 빨리 움직이는 사람들에게 큰 이득이 있을 수밖에 없다.

"그럼 뭘 준비해야 하지?"

"일단 가장 좋은 것은 피해 서류입니다."

"피해 서류? 채권 증서가 좋지 않을까?"

"지금 정부에서는 만구파에 대한 청소가 한창입니다. 만구파에 대한 채권 증서를 조작해서 내놓으시면 결과적으로 만구파와 거래가 있었다는 뜻이 됩니다. 그러면 좋을 게 없습니다."

"어이쿠, 그러면 안 되지. 암, 안 되고말고. 지금은 그쪽이랑 연결되는 건 절대 좋은 게 아니지."

"그렇지요."

정부에서는 만구파와 조금이라도 있는 사람들을 모조리 쫓아내거나 처벌하고 있었다. 만구키드뿐만 아니라 만민구원회 소속 신도들까지 말이다.

그런 상황에서 이런 땅을 집어삼킬 정도의 큰 거래를 했다는 증명서를 내놓는다는 건 나 만구파니까 처벌해 달라고 하는 거나 마찬가지다.

"일단은 적당한 피해 서류를 만드는 게 중요합니다. 이 경우는 아무래도……."

그렇게 변호사가 설명하려는 찰나였다. 저 멀리서 새끼 변호사가 헐레벌떡 뛰어오는 것이 보였다.

"백 변호사님! 큰일 났습니다!"

"큰일? 무슨 큰일?"

새끼 변호사를 본 백 변호사는 얼굴을 찡그리면서도 고개를 갸웃했다. 이런 중요한 순간에 철없이 방해하는 그가 마음에 들지 않았지만 그만큼 중요한 게 있다는 소리였기 때문이다.

"이 땅은…… 만구파 땅이 아닙니다."

"뭔 소리야? 우리가 잘못 찾아온 거야?"

"그게 아닙니다. 만구파피해자협회에서 이 땅과 만구파의 드러난 모든 재산에 대해서 압류를 걸어 확정받았습니다."

"그게 무슨 소리야!"

"말 그대로 이 땅은 이제 진짜 피해자들의 땅이지, 만구파의 땅이 아니라는 뜻입니다."

정상화 국회의장의 얼굴은 사정없이 일그러지기 시작했다.

"감사합니다."

대책위의 위원장은 노형과 새론에게 고개를 숙여서 감사의 인사를 건넸다. 노형진의 말대로 사태가 수습되자마자 사방에서 그 땅을 노리고 접근했기 때문이다.

물론 일부 진짜 피해자도 있었지만 대부분은 아무런 이유나 증거도 없이 주인 없는 돈을 먹으려고 달려든 작자들이었다.

"노 변호사님이 아니었다면 아이들의 치료비도 나오지 않았을 겁니다."

"그렇겠지요."

노형진은 고개를 끄덕거렸다. 그가 미리 이야기하지 않았다면 이 모든 자산은 정부에 빼앗기거나 정치인들에게 집어 삼켜졌을 것이다.

"하지만 조심하세요. 아직 끝난 건 아닙니다. 저희가 받아 낸 재산으로 피해 보상은 받을 수 있겠지만 아이들이 정상으로 돌아오기까지는 오랜 시간이 걸릴 겁니다."

"네, 각오하고 있습니다."

아이들은 제정신이 아니었다. 극심한 트라우마로 고통받고 있었다. 만구파에게서 빼앗아 낸 재산은 그들의 치료비로 나갈 게 뻔했다.

"그럼 들어가십시오."

"이 은혜, 잊지 않겠습니다."

"은혜는요, 무슨."

노형진은 그들에게 인사를 건네고 몸을 돌려서 그곳을 나왔다. 그리고 하늘을 바라보았다.

"거참, 날씨 좋네."

왠지 아주 오랫동안 앓고 있던 이가 빠진 기분이었다.

다음 권으로 이어집니다

SEASON 2

Again my Life

어게인 마이 라이프

절대 권력자를 잡고 자취를 감췄던 천재 검사,
악덕 대기업을 무너뜨리기 위해 변호사로 돌아오다!
『어게인 마이 라이프 Season2』

조태섭 의원을 체포하고 모든 것을 내려놓은 김희우
그런 그에게 연수원 동기의 자살 소식과 함께
한 통의 의뢰가 찾아든다

"남편의 명예를 되찾고 싶어서 찾아왔습니다.
절대 자살 같은 걸 할 사람이 아니에요."

한국 경제를 좌지우지하는 거대 그룹에 살해당한 친구를 위해
법무 법인 KMS에 입사한 그는
제왕 그룹을 파헤치기 위해 활동을 재개하는데……

그가 있는 곳에 사회정의가 있다!
당신의 숨통을 틔워 줄 김희우 변호사의
치밀한 복수극이 시작된다!